이 작품집에 담긴 모든 노랫말을
시와 음악을 사랑하는 이들과 함께 나누고 싶습니다.
음유시인의 노랫말
세상이 따뜻해지고 사람들의 마음 환히 밝힐 수 있는
노래가 될 수 있기를 바랍니다.

노랫말을 사용하고 싶은 분은
저자와 협의하여 주시기 바랍니다.
E-mail : babopoem@daum.net
카카오톡 ID : babopoem

시처럼 삶 악처럼

시인 · 작사가 강재현

북 랜 드

차례

1장 날개를 달고 날아간 시

2장 노래를 만나고 싶은 詩

3장 음유시인의 노래

1

날개를 달고
날아간 詩

사람이 좋다

나도 그런 사람이, 사람이 좋다 (Chorus)

사람이 좋다, 사람이 좋다
좋은 사람과 차 한 잔 하고 싶다
사람이 좋다, 사람이 좋다
좋은 사람과 술 한 잔 하고 싶다

아무 것도, 아무 말도 필요 없어
눈빛만으로도 충분해
바라보는 것만으로도
그저 좋은 사람
함께 있는 것만으로도
행복한 사람

나는 그런 사람이, 사람이 좋다

이 사람을 지켜주세요

하늘이여! 제 기도를 들어주세요
이 사람을 지켜주세요 (하이톤으로)

사랑이여! 제발
떠나가지 말아주세요

하늘이여! 제발
이 사람을 지켜주세요

나보다도 더 많이 사랑한 사람
날 위해 기도한 사람

이 사람을 위해서 살고 싶어요
이 사람을 지켜주세요

같은 하늘 아래 있어줘서
너무나 고마워요

하늘이여! 제 기도를 들어주세요
이 사람을 지켜주세요

널 사랑하니까

다시 사랑하기엔 눈물이 흘러도
모자란 나를 알지만 이제는 용서해
너의 아픔이 다 지워질 수 있다면
이제 마지막 너만을 위해 살겠어

너를 잊고 사는 게 너무나 힘들어
미처 다주지 못한 사랑을 받아줘
두 번 다시는 널 혼자 남겨 두진 않을래
이제 알았어, 내가 살아야 할 이유

나의 마지막 사랑
네가 될 수 있다면
너를 위해 내일을 살아갈게
멀리 가진 말아줘
너를 지킬 수 있게
살아가야할 이유가 너란 걸

잊지는 말아줘

나를 잊고 살았던 지난 시간마저도
너의 기억 내 삶의 전부였어
멀리 가진 말아줘
너를 지킬 수 있게
살아가야할 이유가 너인 걸
널 사랑하니까

눈물꽃

그대를 사랑하며 사는 게
더 아프고 외로운 일일지라도
그대를 잊고 사는 날보다
더 힘들진 않을 텐데

그대를 추억하며 사는 게
더 슬프고 쓸쓸한 일일지라도
그대를 외면하는 날보다
더 아프진 않을 텐데

그댄 무얼 두려워하나요?
당신 숨소리만으로, 나는 하룰 살 수 있는데

다시 이별을 말하진 말아요
내 가슴에 타는 그댈 잊으라 하진 말아요

서럽도록 간절한 그대는
내 가슴에 눈물꽃으로 다시 피어나는 걸

살아야지

내 사랑이 다 타는 그 날까지
더 뜨겁게 살아야지
미치도록 살아도 모자란 세월
사랑하며 살아가야지

내 사랑이 다 타는 그 날까지
후회 없이 살아야지
어느 하루 날 위해 살아본 날이
그런 날이 없었으니까

단 한 번도 가슴을 열고 울지도 못하고
소리쳐 부르지도, 부르지도 못하면서
살아왔던 지난날의 눈물이 마를 수 있게
살아야지, 살아야지
널 위해 나는 살아가야지

기죽지마라

1. 까짓 거 인생 뭐 별거 있어
   대차게 한번 사는 거지
   가다 가다 가다 가다보면 기회는 올 테니까

   기죽지마라! 내 인생은 내 거야
   한번 왔다 가는 인생
   기죽지마라! 눈먼 세상 사랑도
   너를 위해 있을 거야

   울어도 울어도 남자의 눈물은
   마르지 않는다, 가슴에 남는다
   겁 없이 살아가라

   태워도 태워도 남자의 사랑은
   지치지 않는다, 세상을 가져라
   세상을 다가져라

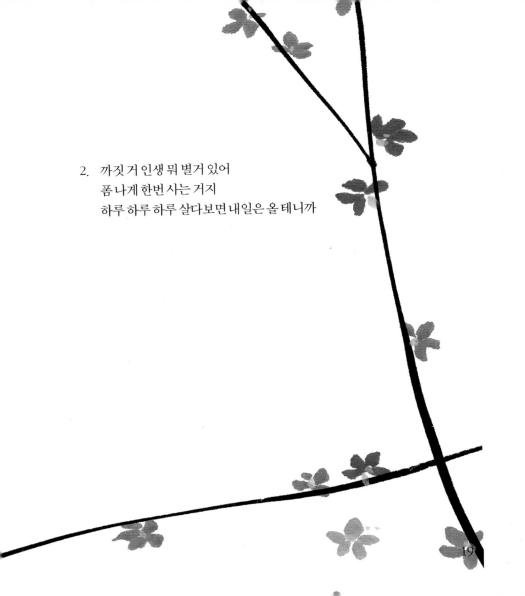

2. 까짓 거 인생 뭐 별거 있어
   폼 나게 한번 사는 거지
   하루 하루 하루 살다보면 내일은 올 테니까

19

고마워요

고마워요! 날 위해 태어나 준 그대
감사해요! 그대를 만나게 해준 세상

그대를 만나기 위해
이 먼 길을 돌아왔나 봐요
하늘이 정해준 운명
단 하나의 사랑인 걸요

그대를 만난 이후 더 이상
세상이 두렵지 않아요
그대를 위해서라면
그 어떤 고난도 이겨낼 수 있죠

그대가 내 안에서 오래오래 행복할 수 있게
뜨거운 가슴으로 살아갈게요
고마워요! 내 사랑

그대가 내 안에서 오래오래 편안할 수 있게
따뜻한 가슴으로 살아갈게요
감사해요! 내 사랑

낙타의 사랑

외로운 사막을 홀로 걷는 낙타는
가슴 가득 물을 지고 가지만
외로운 이 세상 홀로 걷는 사람은
가슴 가득 눈물 지고 가는데

멀고먼 이 길을 홀로 가야 한다면
차라리 이별 없는 낙타가 되리
저 거친 세상에 버려져야 한다면
차라리 낙타처럼 사랑하리라

가던 길 멈추지 말아라!
오던 길 돌아보지 말아라!
외로움에 길들여진
가슴에 슬픔을 다 버려라!

외로운 사막을 홀로 걷는 낙타는
가슴 가득 물을 지고 가지만
저 거친 세상에 버려져야 한다면
차라리 낙타처럼 사랑하리라

귀소본능

멀어진 꿈처럼 잊혀져간 시간들
세월이 흘러 나- 여기 서 있네
변해가는 세상에 나도 따라 변했어
변명을 해보고, 후회해도

친구야! 이제 난 너무 멀리 왔나봐
세파에 찌든 내 모습이 싫어져
돌아갈 수 없을까?
순수했던 그 시절
아무런 욕심도 거짓도 없던

친구야! 이제 난 너무 멀리 왔나봐
술잔에 취한 하루가 또 저물어 가고
축 처진 어깨로 흔들리며 걷는다
너와 나의 꿈이 커가던 추억을 마신다

푸르던 꿈들이 하나둘씩 꺼지고
세상을 배울 땐 그게 단 줄 알았어
하지만 그게 아냐, 너무 많은 걸 잃어

내 안에 나조차 가눌 수 없어

친구야! 이제 난 너무 멀리 왔나봐
술잔에 취한 하루가 또 저물어 가고
축 처진 어깨로 흔들리며 걷는다
너와 나의 꿈이 커가던 추억을 마신다

세상은 너무나 쉽게 변해가지만
인생이라는 굴레를 다 벗진 못하지
무심한 세월에 허둥지둥 살아도
언젠가 그리운 곳으로 돌아가고 싶어

괜찮아요

수많은 세월이 흐른다 해도
지워지지 않는 사랑
내가 가진 슬픔을 잠재워주던
그 눈빛을 잊을 수 없어

가끔은 가슴에 눈물이 흘러도
채워지지 않는 사랑
내가 가진 아픔을 잊게 해주던
그 눈빛을 잊을 수 없어

괜찮아요! 거기 그렇게 서 있어만 준다면
괜찮아요! 그대 그렇게 바라볼 수 있다면

내게 남겨진 그 눈빛으로 내일을 살아갈게요
행복해야 해요, 그 누구보다
소중한 사람이니까

天上愛 천상애

지금 너를 보내고 숨을 쉴 수 있을까
한숨도 쉴 수 없을 만큼 힘든 너
힘겨운 이 세상에 하루를 접지 못한
날 두고 갈 수 없는 사랑일텐데

이제 너를 보내고 돌아설 수 있을까
아직도 내게 남은 눈물 있을까
차마 하지 못했던 수많은 말들이
가슴에 편지가 되어 남아 있어

내게 절실했던 사랑이 죄가 되어
널 힘들게 했어, 네 아픔도 모른 채
이제 편히 떠나가! 고통 없는 세상에
우리 사랑이 마르지 않을 천상으로

이제 내가 갈게!
다시 사랑 앞에서 아프지 않도록
내 삶을 묻어둘게
다하지 못한 사랑, 다시 사는 세상에
슬픈, 이별 없는 사랑을 하리

비상 飛上

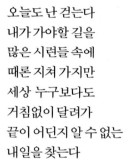

오늘도 난 걷는다
내가 가야할 길을
많은 시련들 속에
때론 지쳐 가지만
세상 누구보다도
거침없이 달려가
끝이 어딘지 알 수 없는
내일을 찾는다

오늘도 난 걷는다
나를 속이는 세상
많은 절망들 속에
때론 지쳐가지만
내가 가는 이 길을
거침없이 달려가
나의 뜨거운 가슴으로
내일을 찾는다

왜 그렇게 사냐고? 다시 물어도
후회 없이 가는 거야
내일이면 내일의 해가 뜰 거야
긴 터널을 지나면 어둠의 끝이 보여

처음부터 가진 자는 아무도 없어
빈손으로 태어나서 빈손으로 가는 세상
눈부시게 쏟아지는 태양 아래 후회 없는
내일을 향해! 난 달려가는 거야!

이별 연가

조금씩 멀어져 가는
시간이 너무 두려워
아무 말 하지 못하고
보내야 하는 건지

조금만 더 이대로 있어 줘
눈물을 거둘 수 있게
그대 떠난 빈자리에
혼자 설 수는 없으니
아직은, 아직은 떠나가지마
그대도 견딜 수 없는 이별을
이제는, 이제는 하려 하지 마
다시없는 사랑일 텐데
이별 후엔

미련 없이 말해주고 떠나
혼자서는 견딜 수 없어
그대에게 길들여진
나는 그대를 또 찾을 테니

세상을 등지고 살아가겠지
두려운 마음에 두 눈을 감고
눈물로 그대를 찾아가겠지
초라해진 사랑이라도
이별 후엔,

사랑하는 그댈

사랑스런 신부에게

아침이 밝아올 때면
투명한 그대 미소가
태양보다 먼저 내게로 다가와
처음 만난 그 날처럼

늘 처음처럼
그댄 싱그럽게
나의 아침을 깨우네
사랑스런 신부가 되어

늘 처음처럼
우릴 축복해요
사랑을 나누며 살아갈 그대는
신이 준 선물이에요

Only for you

널 잊으라고 하지 마
내 가슴에 묻힌 너
내게 첫눈 같은 사랑은
너 하나 뿐이야

널 사랑하기엔 부족한 나를
너무나도 잘 알지만
이제 난 너에게 운명을 걸어
더 이상 초라하진 않아
이제 너를 위해서라면
세상 어떤 일도 감당할게
다시 나를 믿어 주면 돼

My love is only for you

떠난다는 말은 위선일 거야
내게 돌아와 줘
네가 없는 내 삶은
의미가 없어

회색빛 도시처럼

어디쯤 있는 건지
내 생각은 하는 건지
지금쯤 돌아온다던
너는 소식이 없고

얼마나 기다리면
너의 소식 듣게 될까
미련만 남겨두고 떠나간
너는 잘 있는지

많은 사람들 속에서
너의 흔적 찾지만
내게 남은 것은
텅 빈 도시의 그림자 뿐

어둠이 내리고
또 하루가 지나가면
이제 난 식어가겠지
회색 빛 도시처럼

겨울 아침 창가에서

투명한 햇살이 나의 창을 비추면
언젠가 내게 돌아 오리라던
너의 그 말에, 나의 하루는
가슴이 떨려와

어쩌다 가끔은 눈 내리는 아침에
눈을 밟으며 걸어 오리라던
슬픈 그 약속, 이제는 제발
믿지 않게 해 줘

너무 오래 아팠던 거야
아무런 의미도 없이
지난날은 그토록 오랜
기다림을 주었었지만

사랑했던 기억만으로
널 위해 기도할게
눈꽃처럼 창백해진
겨울 아침 창가에서

인 연

그대에게 가는 이 길이
낯설지 않음은
전생의 어느 숱한 날들을
그대 향한 그리움으로
몸부림치던 그 몸짓이 가슴속에
길을 지어놓았기 때문일 것입니다

그대에게 가는 이 길이
섧지 않음은
전생의 어느 숱한 날들을
그대 위해 기도하던
그 간절함이 가슴속에
노래를 지어 놓았기 때문일 것입니다

그대에게 가는 이 길이
아무리 멀고 험해도
지척인 듯 느껴지는 것은

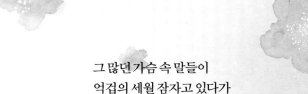

그 많던 가슴 속 말들이
억겁의 세월 잠자고 있다가
오늘 다 타오르고 있기 때문일 것입니다.

바람결에 스치는 옷자락의 인연으로라도
이제는 만나야 할 사람
결코 놓칠 수 없는 인연의 끈을 부여잡고
가파른 생의 비탈길에 서서
그대만을 위한 노래를 부릅니다

조금만 더

한번만 더! 한번만 더!
나를 보아주세요
한번만 더! 한번만 더!
나를 불러주세요

하루하루 지쳐가는 세월 속에서
한 순간도 잊을 수 없던 그 사람이
애타게 불러 봐도 가질 수 없던 사람이
그 사람이 지금 내 앞에 내 앞에 서 있다

조금만 더! 조금만 더!
가까이 갈 수 있게
조금만 더! 조금만 더!
나를 불러주세요

와인빛 사랑

와인빛 사랑에 취해버린 밤
당신의 사랑에 빠져버린 밤
이 밤이, 이 밤이 다가기 전에
내 사랑을 전하고 싶어
당신만 사랑할래요
이 목숨 다할 때까지
당신만 사랑할래요
뜨겁게 사랑할래요

와인빛 사랑을 아시나요
심장이 타오를 듯한 사랑
이 밤이, 이 밤이 다가기 전에
내 사랑을 전하고 싶어
당신만 사랑할래요
와인빛 사랑을 아시나요
당신만 사랑할래요
뜨겁게 사랑할래요

가슴 뛰는 일

누구나 다!단 한 번
태어나서 사랑하고
누구나 다!단 한 번
때가 되면 눈을 감지

하루하루 사는 일이 호락호락 하진 않아
앞만 보고 달려가도 한치 앞도 볼 수 없어
가슴 뛰는 일! 그런 일이라면 좋겠어
더 많은 사랑에 빠지고
더 많은 사람을 만나고
더 많은 행복을 찾는 날
누구나 한번은 그럴 때가 오겠지

가슴 뛰는 일!그런 일이 좋겠어
가슴 뛰는 일!그런 일을 해야지

그날이 다시 오면

사랑이 다시 오면
내게 사랑이 다시오면
나 당신을 운명처럼 사랑하리라

인연이 다시 오면
내게 인연이 다시 오면
나 당신을 하늘처럼 믿고따르리라

아~ 그날이 다시오면
수많은 시간을 되돌려
당신의 지친 삶을 비추어 주리

살면서 가장 행복한 날
당신을 만나는 날
그 날이, 그날이 다시오면
하늘의 뜻을 따르리
그날이 다시 오면

권주가

사랑과 인생을 가득 담아 술 한 잔 따라줘요 (코러스)

술술술이 넘어가요
술 한 잔에 시름을 잊어봐요
술술술이 넘어가요
술 한 잔에 사랑을 담아봐요

수리수리 마수리
술 한 잔의 묘약에 빠져봐요
수리수리 마수리
술 한 잔에 인생을 느껴봐요

이 술잔 한 잔에
부귀와 명예를 드리오리다
이 술잔 한 잔에
불노장생 가득 담아 드리오리다

정이 뭔지

정이 뭔지 고놈의 정이 뭔지
사랑보다 더 진하다
정이 들어 가슴에 정이 들어
이별보다 더 독하다

만나고 또 만나도
만나고 싶은 사람
보아도 또 보아도
보고만 싶은 사람

정이라는 끈 하나로
놓칠 수 없는 그 사람
내 가슴에 정을 남겨 둔
그 사람은 어디에
내 가슴에 정을 심어 둔
그 사람은 행복하길
당신만은 행복하길

행복한 미소로 만나리라

우리는 어떤 사람인가요?
어디서 와서 어디로 가는가요?

우리는 무슨 소원 안고 사나요?
무얼 위해 살고 무얼 얻으려 하나요?

세상에 변하지 않는 것이 그 무엇이리오.
세상에 나의 것이 그 무엇이리오.

더 많이 나누어도 모자란 시간
더 많이 베풀어도 부족한 사랑
평화로운 세상에 행복한 미소로 만나리라.

지금 이 순간

지금 우리가 헛되이 보낸 하루는
어제 죽은 이들이 바라던 내일이었다.*
지금 우리가 포기한 작은 꿈들은
꿈을 꾸던 이들의 간절한 소망이었다.

지금 이 순간, 바로 지금 이 순간
세상에서 가장 소중한 사람을 만나고
지금 이 순간, 바로 지금 이 순간
세상에서 가장 행복한 사랑을 해야지!

지금 우리가 살아갈 날 중에
가장 젊은 날이 오늘이잖아.
더 많이 사랑하고 더 많이 기도하며
오늘을 살아 갈 거야!

더 많이 사랑하고 더 많이 기도하며
내일을 살아가야지!

*소포클래스 명언 인용

당신은 나의 이상형

1. 운명처럼 다가와 내 가슴을 깨워준
   당신은 나의 이상형

   다시 태어난대도 나를 사랑한다던
   당신은 나의 이상형

   죽도록 사랑하고 사랑할게요
   이 생명 다하도록 사랑할게요

   나의 사랑 당신, 나의 운명 당신
   영원히 사랑할게요

2. 숙명처럼 다가와 내 영혼을 깨워준
    당신은 나의 이상형

    다시 태어난대도 당신만을 사랑해
    당신은 나의 이상형

    죽도록 사랑하고 사랑할게요
    이 생명 다하도록 사랑할게요

    나의 사랑 당신, 나의 운명 당신
    영원히 사랑할게요

마지막 선물

사랑합니다, 사랑합니다.
내 인생의 최고의 선물
사랑합니다, 사랑합니다.
당신만을 사랑합니다.

하늘이 내게 주신 마지막 선물
내 모든 걸 다 바쳐서 사랑한 사람

그리움의 그림자로 눈물겨운 밤
그리움의 시가 되어 안아줄게요.

당신만을 사랑합니다!
하늘이 내게 주신 마지막 선물
당신만을 사랑합니다!
당신만을 사랑합니다!

내 사랑이에요

어디선가 본 것 같은 사람이잖아
어디선가 만난 듯한 사람이잖아

후후후 (who who who)
누구냐고 물어보면 어떡해요

운명처럼 스쳐 지난 사람이잖아
눈감아도 보고 싶은 사람이잖아

후후후 (who who who)
모르는 척 돌아서면 어떡해요

심장이 뜨거워져요
가슴이 자꾸 떨려요
한번만 돌아봐요
내 사랑이에요

후후후 (who who who)
잊지 못할 내 사랑이에요

물처럼 바람처럼

꿈을 꾸듯 살아가도
백 년도 못사는 인생
물처럼 흘러가리
막힘없이 흘러가리

걸친 듯 무엇하리
머문들 무엇하리
한 세상 한을 얹고
바람처럼 흘러가리

허허야, 허허야, 허허허허허허허야,

천년만년 살고지고
무얼그리 허둥대오
물처럼 흘러가리
바람처럼 살다가리

발 아래 머문 세상
하염없이 애닲구려

길

오는 길도 가는 길도 마음대로 할 순 없지만
살아가는 동안에는 서리서리 굽어지이다

가슴에 이 내 가슴에 삶을 싣고 살아가리니
우리네 살아가는 길은 멀고 푸르러

허허허~ 허~허허야, 물 흐르듯 살아가소

가질 것도, 버릴 것도, 마음대로 할 순 없지만
살아가는 동안에는 굽이굽이 돌아가리라

심장에 이 내 심장에 정을 담고 살아가리니
한 많은 세월 길을 흐르고 흘러가리라

허허허~ 허~허허야, 물 흐르듯 살아가소
허허허~ 허~허허야, 바람처럼 흐르듯 살아가소

한번만 더

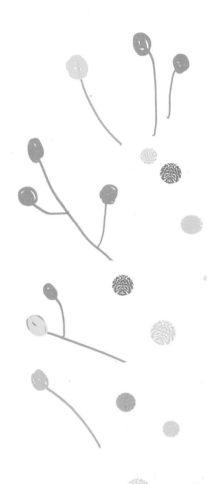

살면서 날 위해 울었던 날이
언제였을까
살면서 날 위해 웃었던 날이
또 언제였을까

한번만 더, 한번만 더
늦기 전에 사랑을 하고
한번만 더, 한번만 더
늦기 전에 시작해야지

가슴이 타도록 불러 봐도
돌아올 수 없는 사랑이여!
세월이 흐르고 흘러가도
버릴 수 없는 사랑이여!
흐르고 흘러가도
잊을 수 없는 사랑이여!

너라면 좋겠어

너라면 좋겠어
내 사랑이 너라면
살면서 단 한 번 후회 없는 사랑이
그 사람이 너라면
내 인생을 다 걸어도 좋겠어

너라면, 너라면
내 운명을 다 바쳐도 될 것 같아
비가 오면 함께 우산을 쓰고
눈이 오면 함께 눈을 맞으며

기쁜 일, 슬픈 일, 함께 나누는
그 사람이 너라면, 너라면 좋겠어
그 사랑이 너라면, 너라면 좋겠어
너라면 좋겠어!

만남

살아있음을 온몸으로 느끼고 싶은 날
우리는 만났습니다
서로 다른 모습과 서로 다른 색깔을 가지고 있던 우리는
인연이라는 단 하나의 언어를 통해
어느새 같은 향기를 뿜어내고 있었습니다

더 많은 말이 필요하지도 않았고
가식적인 표정이 필요하지도 않았습니다

가슴을 열고 다가가면
맨발벗고 달려와 마중해 주는 사람
눈물에 젖어 다가가면
눈물의 흔적마저 닦아내 주는 사람

우리들의 가슴과 가슴 사이에는
수천 겹의 인연으로 맺어진 끈 하나
탯줄처럼 이어져 있습니다

살아간다는 일이 가끔은 가시밭길일지라도
함께 손잡고 걸어가는 길
기꺼이 당신과 함께 하겠습니다

삶이 다하는 날까지

다시 사랑 앞에서 울지 않을래
돌아갈 수 없는 먼 길을
나 홀로 걸었어

이제 그대 앞에서 웃고만 있을래
눈감아도 그대를 볼 수 있게
내 곁에 있어줘

사랑 하나로 간절히 살아가고 싶어
사랑 하나로 영원히 살아가고 싶어
지난 세월 모든 아픔 잊을 수 있게

가슴으로 부르는 노래
그대만을 위해 부르리라
삶이 다하는 날까지

그대에게 가고 싶다

바람이 잠든 그 자리에
사랑이 머물다 가고
눈물로 가득 찬 이 거리를
쓸쓸히 걸어야 한다

그리움이 잠든 그 자리에
아픔은 젖어 드는데
나 홀로 이 거리, 빗속을 걸어
그대에게 가고 싶다

천상의 하루를 살아간다 해도
그대 위해 살고 싶다
지상의 백년을 천상의 하루로
살아갈 수 있을 테니까

그대에게 가고 싶다
바람이 잠든 그 길로
그대에게 가고 싶다
이 가슴이 다 하도록

바람의 날개

찬란히 비추는 저 태양은
나에게 무슨 말을 하려하나
무심히 떠도는 저 바람은
나에게 무슨 말을 하려 하나

숨죽여 살아온
세월의 무게를 벗어던져라
높이 나는 새들이
더 멀리 바라 본단다

바람을 등지고 날아라
거칠 것 없는 세상에
바람을 등지고 날아라
두려울 것 없는 세상에

바람의 날개를 달고

인생의 가을

내 인생의 봄날은 가고
가을이 오고 있다

봄날처럼 화려하진 않아도
청춘처럼 뜨겁진 않아도

이 가을, 가을의 고독을 즐겨봐야지

아! 무엇을 위해 살았나
아! 무얼 위해 걸어왔나

인생의 가을, 이 가을에
우린 무엇을 해야할까

더 아름답게 살아가야지
세월에 굽어져도
천년을 사는 아름다운 천왕목처럼

아! 시간은 그렇게
인생의 가을에 다다랐는데
인생의 가을, 이 가을을 즐겨봐야지

사랑꽃 –처음 그 설레임으로

하늘이 푸르른 날엔
그리운 그 사람의
소중한 그 이름을 추억하지
처음 만난 그 날의 그 느낌 그대로
설레는 가슴으로 꿈을 꾸지

아 ~ 사랑은 사랑은
사랑은 또 그렇게
처음 그 설레임
설레임으로 다가오지

아~ 이 세상 모든 사랑은
첫사랑인 걸
뜨거운 가슴에
사랑꽃으로 피어나리

여자의 사랑

그댄 아나요
여자의 사랑을
이별보다 슬픈 여자의 눈물을

슬픈 추억마저 기억하는 여자
인생은 사랑입니다

그대 한 사람 내 품에 안기 위해
많은 날들을 기다렸어요
소중한 사랑 그 어떤 시련이 와도
놓칠 수는 없잖아요

아픈 날들을 모두 잊게 해줘요
당신으로 행복한 사람
한 사람으로 충분한 여자의 사랑
그대는 나의 인생입니다

한 사람으로 충분한 여자의 사랑
그대는 나의 운명입니다.

어이 떠나리

어이 떠나리, 어이어이 떠나리
서산 녘 해도 지는데
붉은 노을 한 덩이 가슴에 품어 안고

너를 부른다, 너를 너를 부른다
비가 오면 덮어주고, 눈이 오면 쓸어주리

내가 가는 이 길이
아무리 멀고 멀어도
지척인 듯 느껴지는 건
내 가슴에 네가 살고 있기 때문이다

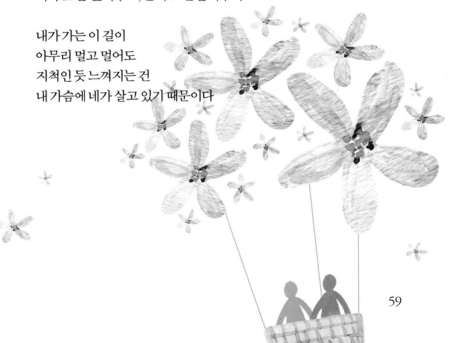

가난한 날의 행복

살면서 가장 행복한 날이 언제였던가?
너를 낳아 기르고 자래우던 그 날이었지

아무것도 가진 것이 없어서
아무것도 해준 것이 없어서
두고두고 가슴 아픈 날이어서
더욱더 잊을 수 없는 날이란다

이제 난 너에게 무엇을 해줄 수 있을까?
주어도 주어도 모자란 사랑을 어찌 다 전할까?

살면서 가장 행복한날은 언제였던가?
가난해도 행복했던 그 시절
그 날이었지

휴(休)

_아제아제 바라아제

산문을 열고 들어서보니 청량한 바람에
풍경소리가 그윽하게 들리네

감로수 한 잔에 연잎을 띄워 한 모금 마시니
마음마저도 후련해지는구나

아제아제 바라아제 바라승아제 모지사바하
아제아제 바라아제 바라승아제 모지사바하

주지스님의 목탁소리에 마음마저도 편안해지는구나
고요한 산사에서 쉬어가면 좋겠네

아제아제 바라아제 바라승아제 모지사바하

성불하소서

살아있음을
온 몸으로 느끼고 싶은 날
우리는 만났습니다

서로 다른 모습과
서로 다른 색깔을 가지고 있던 우리는
인연이라는 단 하나의 언어를 통해
어느새 같은 향기를 뿜어내고 있었습니다

더 많은 말이 필요하지도 않았고
가식적인 표정이 필요하지도 않았습니다

가슴을 열고 다가가면
맨발 벗고 달려와 마중해 주는 사람들
눈물에 젖어 다가가면
눈물의 흔적마저 닦아내 주는 사람들

우리들의 가슴과 가슴 사이에는
수천 겁의 인연으로 맺어진 끈 하나
탯줄처럼 이어져 있습니다

살아간다는 일이
가끔은 가시밭길일지라도
함께 손잡고 복과 인연을 지어
니르바나에 닿고자 합니다

탐욕, 성냄, 어리석음의 三毒(덧말:삼독)心(덧말:심)을 버리고
이제 부처님의 뜻 안에서
성불의 길에 이르고자 합니다

성불하소서. 성불하소서.

비의 추억

가지 말아요, 비가 오네요
그날 밤 잊지 못할 추억

왜 이제서야 돌아온 거냐고
묻지 않을래, 떠나지마요

사랑했어요, 그대 한 사람
죽도록 사랑 했어요

이제 다시는 그런 사랑 없어
추억으로 살아갈게요

그냥 이대로 그대 곁에
그림자처럼 살게 해요

가지 말아요, 비가 오네요
그대 안에 살게 해 주세요

사랑했어요 그대 한 사람
죽도록 사랑 했어요

그게 다예요
내 인생 전부가 되어준 사랑
떠나지 마요
이젠, 떠나지 마요

축 배

인생의 축배를 들자
사랑의 잔을 마셔라
이 가슴이 다 하도록

Na - 그래, 끝이 아니다
      이제 시작일 뿐이다
      인생의 축배를 들자
      사랑의 잔을 마셔라
      이 가슴 다하도록

살아가는 동안 누구나 한번쯤은
어둠은 내리지, 주름진 삶처럼
얼마나 더 가야 얼마나 더 아파야
알 수 있을까? 우리네 인생을

끝이 보이지 않는 이 어둠이 길을
아무렇지 않은 듯 걷지만
가슴에 타오르는 이 마지막 사랑

그대에게
전하고 싶다

그래, 끝이 아니야
늘 그래왔듯이
이제 시작일 뿐이야
가슴을 열어
인생의 축배를 들자
사랑의 잔을 마셔라
이 가슴 다 하도록

거침없이

세상이 너를 위해 무엇을 해줄까
끝도 없이 가야하는 외로운 인생길
눈물 닮은 하늘 아래 아무것도 갖지 못한
바람 같은 인생일 뿐이야

미로처럼 얽혀있는 현실 속에서
우리 함께 꿈을 찾아 가는 거야
시작일 뿐이야! 나의 앞을 막지 마!
거침없이 가야할 길

돌아보지 마, 앞만 보고 가는 거야
세상 위에 내가 설 때까지
사랑도 하나, 인생도 하나
후회 없는 내일을 향해
내일을 향해!

눈물이 흘러도

사랑이라는 말로 다할 수 없겠지
너의 아픈 가슴을 달랠 수 없겠지

너를 부르면 한없이 눈물이 흘러
이렇게 다시 아픔이 되고 마는 걸

돌아가기엔 너무 먼 길이겠지
너를 잊고 사는 건 이렇게 힘든데

너를 위해서 아무것도 할 수 없는 난
그저 아픔을 견딜 수밖에

슬픈 인연이라도
아픈 사랑이라도
너를 위해 조금만 있고 싶어

나의 삶을 태워도
이 계절을 태워도
이렇게 너를 바라볼 수밖에

눈물이 흘러도

가슴으로만

보고 싶어도 만날 수 없는 사람을
사랑하는 건 죄인가요
가슴 아프게 그대 이름 불러도
그댄 내게 다시 올 수 없는데

잊으려 하면 더욱더 그리운 사람
그리워하면 안 되나요
가슴으로만 그댈 사랑할게요
아무 욕심 없이 서 있을게요

언젠가는 그댈 볼 수 있겠죠
스쳐 지날 작은 인연이라도
그대 내게 남겨준 기억으로
살아가고 있는 날 지나치진 않겠죠

사랑하기에 아무런 후회는 없어
기다림마저 행복할 뿐
가슴으로만 그댈 사랑할게요
아무 욕심 없이 서 있을게요

가을꽃

이름 없는 들풀로 살아도
부는 바람에 나부끼고
향기 없는 꽃으로 살아도
내리는 빗물에 젖는다

어느 가을 높푸른 하늘 아래
햇살 한 줌 받아들고
한 송이 꽃으로 피어나리
한 사람을 위한 사랑으로

가을에 피는 사랑꽃은
가슴으로 타는 사랑
절망 속에서 희망의 두레박을 퍼올리는
지지않는 꽃

가을꽃으로 피어나리라
마르지 않을, 가을꽃으로

이포나루

한강 물길 휘어도는 여강 아래에
물안개 피어오르면
이포나루 금빛 물살을 가르며
내 님이 온다했던가

찬란한 태양 불덩이처럼 뿜어내면
신륵사 풍경소리 강물 위에 노니는구나

이포나루 기나긴 언덕길에
저 멀리 걸어오는 한줄기 빛이여!
내 님이어라, 내 님이어라
가슴에 품은 내 님이어라

너무 힘들었어
너를 보내놓고
내겐 이별보다
아픈 사랑이야

너를 생각하면
자꾸 눈물이나
이젠 후회해도
슬픈 추억일 뿐

부족한 사랑이
나를 미워하게해
허기진 사랑이
나를 떠나가게 해

지키지 못할 약속
이제 다시 하지않을게
내게 다시 돌아와

너를
잊을 수
없어

74

강원도에서 살자

설악에 가자 동해에 가자 경포대로 떠나자
강촌에 살자 태봉에 살자 강원도에서 살자
치악에 가자 무릉도원 가자 아우라지로 가자
태백에 살자 소양에 살자 강원도에서 살자

돌고돌아 구비돌아 세상 다 돌아봐도
두고두고 살고싶은 강원도가 최고더라
물도 좋고 산도 좋고 사람도 다 좋더라
언제라도 가고 싶은 강원도가 최고더라

이젠 내가 다 울겠습니다

웃을 일보다
울어야 할 일이 많은 날들 중에
어쩌다 가끔, 가뭄에 콩 나듯 웃을 일이 있어도
지상 어딘가에
내가 흘려야 할 눈물을
대신 흘리고 있는 사람이 있을 것 같아
마음껏 웃을 수가 없습니다

양지 바른 날보다
그늘이 더욱 많은 날들 중에
어쩌다 가끔, 콩나물시루에서
숙주나물이 자라듯
볕이 드는 날이 있어도
그 햇살의 무게만큼
지상 어딘가에
그늘이 되어 사는 사람이 있을 것 같아
못내 그늘을 찾아 들어갑니다

나의 통곡보다 더 서러운 그대의 흐느낌을
내가 미처 알지 못하고 지나칠까봐
차마 소리 내어 울지 못하고 숨죽여 웁니다

이젠 내가 다 울겠습니다
그대는 부디,
눈물을 잊고 살아가 주십시오
가슴 어느 한 구석에라도
시린 눈물 떨구지 말아주십시오

이젠, 당신 대신 내가 다 울겠습니다

물처럼 흐르라

천년만년 살 것도 아닌데
무얼 그리 허둥대오
가도가도 멀기만 하지만
알고 보면 한 순간인걸

물처럼 흐르라
막힘없이 흐르라
한번 떠난 세월은 돌아오지 않는다
물처럼 흐르라
끊임없이 흐르라
뜨거운 그대 꿈을 심으라

물처럼 흐르라
자유롭게 흐르라
뜨거운 그대 꽃을 피우라

지나온 길 다시 돌아보니
아쉬움이 너무 많소
그땐 내가 왜 그랬던 걸까

후회해도 소용없는데

물처럼 흐르라
낮은 데로 흐르라
한번 떠난 사랑은 돌아오지 않더라
물처럼 흐르라
끊임없이 흐르라
뜨거운 그대 꿈을 심으라

물처럼 흐르라
자유롭게 흐르라
뜨거운 그대 꽃을 피우라

아직도 너를

아직도 너를 보낼 수 없어
너를 잊으려 애를 쓰지만

잊을 수 없는 너의 모습에
마음이 아파 눈물이 흘러

함께 눈을 떠 너를 느끼며
사랑을 했던 시간이 내게

다시 떠올라 외로워져도
이제는 너를 보내야만 해

다시는 널 안을 수 없다는 걸 알아
이미 너는 다른 사람 품에 있으니

늘 행복하기를 기도하지만
그 사람 곁에서 내 생각이 나면

그리워지면 돌아와
널 위해 나는 있을 테니까

마지막 사랑

다시는 사랑하지 않겠어
너를 안고 살아갈 수 없다면
내 생에 아무것도
너를 대신 할 수 없어
마지막 사랑으로 남은 너

어떻게 너를 잊고 살겠어
가슴속에 묻어두고 사는데
흐르는 눈물도 무슨 말을 하려는지
자꾸만 너를 돌아보게 돼

후회도 했어 보내지 말 걸
이렇게 아픈 이별이라면
절망도 했어 이 세상 끝까지
지키지 못한 가슴 아픈 사랑

세상이 우릴 외면해도
널 위해 나는 살고 싶어
영원히 널 사랑할거야
잊을 수 없는 내 사람아

사랑해 사랑해 사랑해

너를 처음 본 순간
나는 눈이 멀었어
첫눈에 반해버렸어
사랑해 사랑해 사랑해

왜 이러는지 몰라
가슴이 터질 것 같아
오로지 너만 생각나
사랑해 사랑해 사랑해

모든 것이 아름답게 보이는 건
너 때문이야

꿈을 꾸고 있는 걸까
환상 속에 사는 걸까

왜 이러는지 몰라
가슴이 터질 것 같아
오로지 너만 생각나
사랑해 사랑해 사랑해

중년의 사랑

어쩌다 이 나이에 사랑에 빠졌을까
꿈처럼 느꼈었던 사랑이었었는데
다시 한 번 당신을 만나 사랑한다면
아마 그건 내 생에 운명이야

언젠가는 우리 모두 떠나가지만
널 위해 한 번만 살고 싶어
언젠가는 우리 모두 잊혀지지만
영혼은 내 맘 속에 널 잊지 못해

세월 모두 길 따라 떠나가지만
우리 사랑 영원히 간직해

세월아, 이제는 나를 떠나가지 마
내 사랑 슬프지 않게 지켜야해

사랑하지 않을 것처럼

멀리도 가까이도 하지 말아요
이대로 무심한 듯 있어주세요

오랜 세월, 세월이 흘러
정으로나 살게 해줘요

사랑한 사람은 그리워 애닯고
이별한 사람은 만나서 괴로우리니

그냥 이대로 우리 함께 있어요
사랑하지 않을 것처럼

그냥 이대로 우리 함께 살아요
다시는 이별하지 않을 것처럼

큐피트 화살

뜨거운 가슴, 불타는 이 밤
당신의 눈빛에 빠져들어
시간이 지나면 빛이 발할까
이 밤도 뜨거워지는 가슴

취하는 이 밤, 큐피트 화살
내 가슴 전부를 흔들어 놓네
달콤한 인생도 사랑이야
내 가슴 전부를 흔들어 놓네

다가올 미래를 두려워마
더 이상 슬픔은 없는 거야

사랑도 인생도 모두 내 거야
더 이상 슬픔은 없는 거야

행복한 내일을 꿈꾸게 할
내 인생 반쪽을 찾고 싶어

큐피트 화살에 사랑을 실어
하염없이 날린다
불타는 이 밤

동계올림픽 축시
Let 's go Pyeongchang !

파란 하늘이 처음으로 열리는 곳
밝은 햇살이 눈부시게 미소 짓는 곳
소슬 바람이 가장 먼저 숨을 쉬는 곳
대한민국! 우리의 땅, 평창입니다

세계인이 하나가 되어
하얀 물결을 가르며 달릴 투지의 땅
붉은 열정을 불사르며 달릴 투혼의 땅
대한민국 우리의 땅, 평창입니다

동해 푸른 물결 위에 넘실거리는 만국기
세계 속의 무대, yes! 평창 !
그 열정의 순간에 화려하게 펼쳐질 태극기
우리들의 가슴에 휘날리고 있습니다

백두에서 한라까지 뻗어 내리는 대한민국의 기상
거대한 용트림으로 깨어날 강원도의 힘
이제 우리 모두 하나가 되어 외쳐야 합니다

세계 속의 무대, 아름다운 평창 !
평창으로 가자!!! Let 's go Pyeongchang !

평창으로 가자

가슴이 뛴다
심장이 뛴다
세계인이 하나가 되어
열정이 숨 쉰다
희망이 숨 쉰다
대한민국 미래가 되어

세계 속의 무대
아름다운 평창
펼쳐지는 화려한 축제
모두 일어나
평창으로 가자
희망 속의 아름다운 평창
세계 속의 아름다운 평창

비 내리는 밤

비가 오네요
회색빛 하늘 아래
그 빗속으로 그대가 걸어오네요

파란 우산 속
파란 구두를 신은
영화 속 주인공 같은 멋진 그 남자

비가 오네요
회색빛 하늘 아래
그 빗속으로 그대가 걸어오네요

빨간 우산 속
빨간 구두를 신은
영화 속 주인공 같은 아름다운 그 여자

숨 막히게 아름다운 그대 모습에
빗소리도 깜짝 놀라 춤을 추는 밤

비 내리는 밤에는 사랑에 취해봐요
두근두근 빗소리에 사랑에 빠져봐요

비가 오네요 회색빛 하늘 아래
그 빗속으로 사랑이 걸어오네요

행복한 미소로 만나리라

우리는 어떤 사람인가요
어디서 와서 어디로 가는가요

우리는 무슨 소원 안고 사나요
무얼 위해 살고 무얼 얻으려 하나요

세상에 변하지 않는 것이
그 무엇이리오

세상에 나의 것이
그 무엇이리오

더 많이 나누어도 모자란 시간
더 많이 베풀어도 부족한 사랑

평화로운 세상에 행복한
미소로 만나리라

2

노래를 만나고
싶은 시 詩

이런 게 인생이겠지

이런 게 인생이겠지
겉과 속이 이렇게 달라도
아닌 척 살아가는 게
이런 게 인생이겠지

가슴이 울고 있는 이 순간에도
아무 일 없듯이 웃고 있는 거

이런 게 사는 거겠지
울고 싶어도 웃으며 버티는 거
이런 게 사는 거겠지

잘 될 거야, 아니 잘할 수 있을 거야
수 천 번 다짐해도 돌아서면
무너지는 현실 앞에서

난 오늘도 아무렇지 않은 척
또 웃으며 길을 걸어

고독한 가슴에 눈물은 또 고이는데
애써 흔들리지 않으려해

이런게, 이런게, 이런게, 인생이겠지
눈에 보이는 게 다가 아니야
행간의 슬픔마저 읽을 줄 아는
그런 사람을 이제는 만나야지

기다리는 마음

거리를 지나는 모든 이들의
발자욱 소리가
당신의 발소리인 것 같아

옷깃을 세우며 걷는 뒷모습
커다란 어깨가 당신의
뒷모습인 것 같아

기다리지 않아도 다가와
내 앞에 서 있어줄 것만 같아
그 자리를 떠나지 못하고
흔들리는 꽃잎으로 남아 있어

열리고 닫히는 모든 소리에
눈길이 머물러, 당신일까봐
어쩌면 당신이었을까봐

가슴을 두드리는 소리를 들어봐
기다림은 설레는 행복인거야
만남을 목적으로 하지 않아도
기다리고 있다는 건 행복인거야

그렇게

그렇게 잊어가야지
눈물이 앞을 가려도
그렇게 잊혀지겠지
세월이 약일 테니까

심장에 새겨진 붉은 화등 하나를
미처 다 끄지 못했지만
가슴에 남겨진 불씨가 살아있어
또다시 너를 찾겠지만

내가 가질 수 없는 너
너를 사랑할 수 없는 나
그냥 이대로 너를 보내는 게
사랑하는 또 다른 방법이니까

세월은 그렇게 흐르고 흘러
그렇게, 그렇게, 다 잊혀진 척 살아가겠지

어디 있을까

사랑하면 좋고, 아니면 말고
너에게 나는 그런 존재였어
이 목숨 다해 사랑한다 고백해도
그저 장난처럼 느꼈겠지

한 순간 돌아서면 끝일 사람
그런 사람이 아니었는데
사랑하다 죽어도 좋을 만큼
그런 사랑이라 믿었었는데

이제 와서 사랑이 아니라니
이제 와서 그것은 집착이라니
긴 세월 살아온 내 사랑은
내 사랑은 어디있을까

차나 한잔 하시게*

세상 모든 인연을
인연이라 믿지마오
시절인연이라고
다 인연이 아니라오

인연을 알아보지 못하는 것도
죄가 되지만
인연이 아닌 것에 매달린 것도
짐이 된다오

여보게, 차나 한잔 하시게
여보게, 잠시 쉬어 가시게
가슴의 무거운 짐 내려놓고
그렁그렁 쉬어쉬어 가시게

찻물이 너무 뜨거워도 아니되고
찻물이 너무 식어도 아니되오
뭉근히 우려낸 차 향이 무르익으면
시절 인연다하여 그대 가슴에
점 하나 찍어두고 갈 것이라오

* 함허 대사의 고사 인용

마타리 꽃

꽃말 : 무한한 사랑

마타리꽃이 피어난 여름 강변에
여우비 한 차례 지나가면은
거짓말처럼 그 자리에
당신이 걸어옵니다

갖고 싶어도 가질 수 없는 사람
품고 싶어도 품을 수 없는 사람
욕심내면 안 되니까 그저 멍하니
바라만 봐야 했던 사람

그런 당신이 이제는 내 앞에
내 앞에 와 있네요
마타리꽃처럼 흔들이는 당신이
내 앞에 와 있네요

당신을 사랑해도 될까요
더 많이 사랑해도 될까요
옷자락 스치는 인연이라도
당신을 놓칠 수 없어
한순간 물거품 인연이라도
당신을 잡고 싶어요

사랑은 장난이 아니야

그 사람이 장난처럼 던진 한 마디
보고 싶다는 그 말 한 마디에
미니스커트에 하이힐 신고
또각또각 밤거리를 걸어간다

휘황한 가로등 불빛 아래에 서면
당신이 보일 거 같았는데
언제나 그 자리 당신이 있을 거라
믿었던 내가 바보였지

사랑은 장난이 아니야
여자를 울리는 게 아니야
순정에 목숨 건 여자를
어쩌자고 울리나

사랑은 장난이 아니야
남자를 울리는 게 아니야
믿음 주고 정을 주는 그런 사랑이
그런 사랑이 진짜 사랑이야

사랑은 장난이 아니야

휴식

그대 지치고 힘든 일상 속에
잠시의 휴식이 나이길 바래

생각만 해도 가슴이 떨리는
그런 사랑이 아니어도 괜찮아

가슴 속 비어있는 당신의 의자에
그저 잠시 머물러 있을 수 있다면

그 자리에 오래도록 머물러
당신의 숨결을 느낄 수 있다면

휴식이 될 수 있는 사람
내 숨결 같은 사람

잔잔한 물결처럼 일렁이는 가슴속
이야기를 함께 나눌 수 있다면

그것만으로도 충분한 내 사람
잠시의 휴식이 나이길 바래

오늘이 내 생에 마지막 날인 것처럼

오늘이 내 생에 마지막 날인 것처럼
나는 더 뜨겁게 살아가리오
내 생에 소중한 한사람을 지키고
지나온 추억은 가슴에 묻어두리라

아! 다시 오지않을 시간 앞에서
나의 온몸으로 인생을 안고

조금 늦더라도 괜찮아
한발 한발 걸어가면 되는 거야

내일이 다시 오지 않을 것처럼
더 아름답게 사랑을 하고
오늘이 내 생에 마지막인 것처럼
더 뜨겁게 인생을 살아가리라

이별 없는 사랑

당신을 만나 사랑을 알게 되었고
당신을 만나 인생을 알게 되었소

구비구비 돌아와 머나먼 길을
홀로 외로이 걸어왔는데
운명처럼 당신이 내 앞에 왔고
나 당신을 사랑함에 행복하였소

당신을 사랑한 것만으로도
내 인생 뒤돌아 후회없어요
무심한 세월이 흐르고 흘러도
이 마음 지키며 살고 싶어요

기억해요, 우리 사랑 행복했음을
기억해요, 우리 사랑 축복이었음을

이별 준비

막다른 골목 끝에 서있는 것만 같아
네가 오지 않을 이 길에

더없는 시간 끝에 서 있는 것만 같아
너를 만날 수 없는 시간에

시계는 어김없이 달려가는데
내 가슴에 멈춰버린 시간의 울림
돌아갈 수 없는 시간 속에
나 이제 아픔을 견디며 이별을 준비해

어디까지일까
가야할 곳, 그 어디일까
우리가 함께한 추억은 이렇게
이 자리에 묻혀있는데

이별을 준비하는 시간 동안
가슴은 그렇게 추억을 지워가겠지

안부가 그리운 날

아침에 눈을 떠 밤이 될 때까지
너는 무엇을 하고 있을까

가슴이 온통 붉은빛으로 물들어
너의 안부가 그리운 날에

블랙커피 한 잔에 달콤한
사랑을 타서 마신다

눈물겹도록 너의 안부가
안부가 그리운 날에

거리를 걷다보면 먼발치에서
네가 걸어올 것만 같아

쇼윈도우에 비친 달그림자에
너의 안부를, 안부를 묻는다

은파

봄빛 아래 푸르러지는 가슴
가슴이 일렁이네요

강아지풀처럼 보드레한 사랑이
가슴을 두드리네요

봄이 오나 봐요, 메마른 가슴이
녹아내리는 날
사랑이 오나 봐요, 고요한 가슴에
은파가 일어요

고요한 달빛 아래
강물 위를 춤추는 은빛 물결 따라
내 가슴이 일렁이네요

사랑은 또 그렇게
그렇게 다가오네요

오감만족

쓰다, 달다, 시다, 맵다
인생 참 짜디짜다
인생의 맛, 그 맛이 참으로
오묘하다

아침에 개었다가
낮에 내린 소나기
지나가는 여우비처럼

달콤한 사랑도 쓰디쓴 이별에
눈물 잔을 부어 마시는 밤

오늘은 울지만 내일은 웃을 거야
밤이 가면 아침이 오듯이

쓰다, 달다, 시다, 맵다
인생 참 짜디짜다
인생의 맛, 그 맛이
참으로 기막히다

상상 그 이상

나의 매력은 상상 그 이상
마력에 빠져봐 (Chorus)

낮에는 요조숙녀처럼
새침한 듯 해도
놀 땐 놀 줄 아는 멋있는 여자
미니스커트에 하이힐을 신고
와인 잔을 기울일 줄 아는 여자

눈에 보이는 게 다가 아니야
화려한 겉모습에 기죽지마요
누구보다 진지한 눈빛
따뜻한 가슴까지 가진 여자에요

만나면 만날수록 상상 그 이상
양파껍질처럼 매력이 드러나요
사랑도 알고, 인생도 알고
살아가는 멋을 아는 여자에요

등대

등대, 등대, 등대가 될게요!
당신만을 위한 등대가 될게요 (Chorus)

이제 와서 내가 당신께
무슨 말을 할 수 있겠어요
상처 깊은 당신의 마음 다독이며
평생 살아갈게요

돌아보면 아무것도 해준 것이 없는데
가난한 날의 행복이었는데

그 작은 행복마저 지켜주지 못해
너무나 미안해요
큰 것을 바란 것도 아닌데
따뜻한 말 한마디 못해주고

미안해요, 사랑해요
이 가슴 다할 때까지
사랑해요, 용서해요
당신만을 위한 등대가 될게요

달콤한 인생

사랑은 참 달다
바닐라라떼처럼
거품 키스 한 모금에
마음이 녹아버린다

이별은 참 쓰다
블랙커피처럼
까만 가슴 타들어가
눈물이 더욱 쓰다

까맣게 타들어간 이 가슴을
달콤하게 저어줄 사람
설탕 두 스푼, 프림 두 스푼
듬뿍 넣은 다방커피처럼

해 저문 강변 위로 별빛이 떨어질 때
내 가슴을 저어줄 사람

사랑 두 스푼, 위로 두 스푼
듬뿍 넣은 행복커피처럼
달콤한 인생으로, 행복한 인생으로
내 가슴을 저어주세요

축 복

나는 행복한 여자랍니다
당신을 만나 한평생 살아왔으니
살면서 한순간도 한눈 팔지 않고
당신만을 믿고 살아왔습니다

아! 이렇게 세월은 흘러
민들레 홀씨처럼 흩날리지만
여전히 당신 앞에 아름다운
여인으로 살고 싶어요

축복하소서
이 세상 다할 날까지
우리 함께 살아가야 할 길

우리들의 남은 시간 모두
오롯이 당신과 함께 하겠나이다
그 시간을 축복하소서

종이새

1. 가을 바람이 하늘하늘 부는 날
   꿈빛 종이새를 접었어요
   뜨거운 심장에 열정을 담아주고
   가벼운 날개에 희망을 새겨주니

   종이새, 오색빛깔 종이새가 되어
   하늘을 날아 올랐어요
   높이높이 날아 꿈을 펼치는
   종이새는 꿈빛 새가 되었어요

2. 세상 속으로 높이 높이 나는 날
   꿈빛 날개를 펼칠 거에요
   뜨거운 가슴에 열정을 품어 안고
   가벼운 날개에 미래를 그려주니

   종이새, 오색빛깔 종이새가 되어
   하늘을 날아 올랐어요
   높이높이 날아 꿈을 펼치는
   종이새는 꿈빛 새가 되었어요

위로

얼마나 힘들었냐고
묻지 않을게
얼마나 외로웠냐고
묻지 않을게

그냥 이대로 어깨를 맞대고
너와 함께 앉아 있을게

무슨 말이 필요할까
너의 눈에 흐르는 눈물 닦아줄
내 가슴에 기대어서
이젠 그렇게, 그렇게 쉬어봐

누구나 다 사는 동안
가슴에 멍이 들잖아
도담도담 너의 가슴
이제는, 이제는 내가 안아줄게

함께 해요

1. 함께 해요 우리
   외로운 이 세상
   혼자 걷는 것보다
   함께할 때가 행복해요

2. 나누어요 사랑
   욕심쟁이 세상
   혼자 가질 때보다
   나눌수록 더 행복해요

당신은 아름다운 사람
소중한 마음을 가진 사람
사람과 사람이 함께할 때
세상은 축복으로 가득차요

우리는 꿈을 꾸는 사람
희망을 가득 채우는 사람
사람과 사람이 함께할 때
사랑은 믿음으로 가득차요

함께해요
믿음과 소망과 사랑으로

평생

내게 오는 모든 행운을
당신에게 다 드릴게요
내가 가진 모든 기쁨을
당신에게 다 바칠게요

돌아보면 굽이굽이
함께해 온 세월이 보여요
무던히도 참아내면서
정말 열심히 살아왔는데

이제와 돌이켜 생각해보니
하루하루 사는 데만 바빠서
당신께 해준 것이 아무 것도 없네요

이제는 아낌없이 다 드릴게요
최고의 사람으로 만들어 드릴게요
평생 나를 믿고 살아줘서 고마워요
평생 나만을 믿고 살아준 당신
당신을 사랑합니다

정

어쩌나요, 이걸 어쩌나요
나는 정이 많은 여자랍니다
이미 빠져 버린 사랑 하나
돌이킬 수 없는 여자랍니다

어쩌라고, 이걸 어쩌라고
가슴 속에 정을 심어놓았나
병을 주고 약을 준다 해도
돌이킬 수 없는 여자랍니다

당신이 뿌려놓은 사랑의 씨앗이
가슴에 엉겅퀴가 되어 자라네요
사랑한다는 그 말 한마디에
인생을 걸만큼 정이 많은 여자

내 가슴에 뿌려진 정 하나
당신이 거두어 주세요
내 인생의 주인이 되어
내 가슴의 정을 거두어 주세요

참 좋은 인연입니다

A
눈부신 아침에 함께 눈을 떠
그대 얼굴을 바라봅니다

그대 눈 속에 내가 있을 때
우리는 참 좋은 인연입니다

A'
해가 저물어 땅거미가 질 때
그대 이름을 불러봅니다

나의 귓가에 그대 목소리
우리는 참 좋은 인연입니다

B
천 마디 말보다 눈빛 하나로
당신의 진심을 알고
내 하나의 소중한 사람이라는 걸
느낄 수 있는 우리는 진정

참 좋은 인연입니다

세상이 변해도 변치 않을
당신의 사랑을 알고
내 하나의 소중한 인연이라는 걸
느낄 수 있는 우리는 진정
참 좋은 인연입니다

사랑은 맛있다

사랑은 사랑은 맛있다
사랑은 사랑은 참 맛있다 (Chorus)

달콤한 카푸치노 거품처럼
사랑이 그렇게 다가오면
거품 키스 한 번에 마음이 녹아
사랑은 참 맛있다

쌉쌀한 블랙커피 한 잔에
외로움 달래어 마시면
커피 향기 그윽한 마음을 담아
사랑은 참 맛있다

사랑은 사랑은 참 맛있다
블랙커피 진한 향기에 취해
함께 있어 더 맛있다

그냥 웃어요

봄날은 그냥 오지 않아요
가을이 그냥 가지 않아요

인생이 익어가는 그 시간이
그 시간이 있어야죠

여름 한낮 뙤약볕에 땀을 흘리고
엄동설한 겨울날에 눈꽃이 되어
인생이 익어가는 그 세월을
그 세월을 살아야죠

어찌 살아가나, 묻지 말아요
무얼 위해 사느냐, 묻지 말아요

그냥 웃어요, 크게 웃어요
웃음으로 채워가는 게 인생이니까

그냥 웃어요, 크게 웃어요
호탕하게 살아가는 게 인생이니까
행복한 인생이니까

사람과 사람 사이

사람과 사람 사이에는
섬이 있어요
떠나고 돌아오는 길에
길이 열리지요

사람과 사람 사이에는
꽃이 피어요
웃으며 사는 동안
활짝 피어나요

기쁠 때나 슬플 때나
언제나 함께하고 싶은 사람이
돌아보면 언제나 바로 옆에
가까이에 있을 거예요

가장 가까이에 있는
사람과 사람 사이에는
빛이 있어요
가슴에 빛나는 별같은
반짝임이 있어요

한번 하자

한번 하자, 그래 우리
대차게 한번 하자
망설이지 말자, 우리
통 크게 한번 하자

한번 왔다 가는 인생
이거 재고 저거 재면
남는 게 또 뭐가 있어

한번 하자, 시작하자
미루지 말자
한번 하자, 끝을 보자
시작이 반이다

늦었다고 생각할 때가
가장 빠른 때다
한번 하자, 그래 우리
대차게 한번 살자

일어나

살면서 누구나 수많은 방황을 하고
살면서 누구나 시련의 아픔을 겪지

끝일 거라 생각했던 고민들도
돌아보면 아무 것도 아니더라
두려워하지 마! 내일 일을
집착도 하지 마! 지난 일을

시간을 되돌릴 수 없잖아
일어나, 일어나,
다시 시작하는 거야
내일은 오늘의 미래잖아
일어나, 일어나,
다시 달려가는 거야

안경

검은 안경을 쓰고
검은 세상을 봅니다
빨간 안경을 쓰고
빨간 세상을 봅니다

하얗고 맑은 세상이
누군가의 눈엔 검게 보이고
빛나고 푸른 세상이
누군가의 눈엔 붉게 보이지

파란 하늘을 푸르게 보고
초록 나뭇잎 연둣빛 물결
가슴에 일렁이는 그대로 볼 수 있다면
아무런 의심도 다툼도 없지

빨주노초파남보 무지갯빛 세상
있는 그대로 바라보세요

희로애락애오욕 다채로운 세상
안경 낀 눈으로 보지마세요

변치 않는 사랑

세월 따라 산천도 변하고
세상 따라 사람도 변하지만
이 세상에 오직 하나
변치 않는 사랑이라

꿈을 꾸듯 살아온 시간
그대 위해 나 살아가리니
커다란 바위가 낙숫물에
씻겨가고 남을 세월
억겁의 세월이 흘러도
나 당신을 위해 살아가리니

임이시여! 언제나 그 자리에
등불처럼, 등불처럼 빛나소서

1호선

1호선 전철을 타고 달린다
그 사람 만나러 간다

청량리 지나, 서울역 지나
인천으로 달려간다

이쯤에선 마주칠까
노을 지는 한강을 지나
인천대교 바라보며
그 사람을 만나러 간다

세월이 지나도 어제 만난 듯
그저 반가운 사람
어제 만나도 또 보고 싶은
그저 괜히 좋은 사람

1호선 플랫홈platform
그 사람이 서 있는 곳
오늘도 달린다
그 사람을 만나러 간다

125

착각도 자유다

착각도, 착각도 참 자유다
네 멋대로 생각하지 마라

언제까지 내가 너를
무한정 봐줄 줄 알았더냐
언제까지 내가 너를
무한정 참을 줄 알았더냐

사랑한다는 이유만으로
내 모든 걸 다 걸고 살아왔다
후회 없이 한평생 살고 싶은
소망 하나로 살아왔다

착각도, 착각도 참 자유다
목숨 걸고 지켜온 사랑
이걸로도 부족하더냐
인생 걸고 지켜온 인연
이제 와서 지루하더냐

착각도, 착각도 참 자유다
이번이 마지막 기회다

밥

바비밥 바비밥 바비밥 바비바바밥! (ADLIB)

밥만 먹고 살 수 있나요
돈만 갖고 살 수 있나요
인생살이 고달파도 사랑으로
사랑으로 살아야지요

정으로 살라니요?
무심한 듯 살라니요?
먹고 살만 하면 그냥 되는 거라니요?

아니요, 아니에요
바비바비 밥바밥
밥만으론 살 수 없는 거에요

텅 빈 가슴 채워줄
사랑 하나 먹고 사는
인생은 그런 거에요

외로움을 달래 줄
정을 하나 묻고 주는
사랑은 그런 거에요

하람 하람 하람
하늘이 열리고
하람 하람 하람
사람이 나고

하람 하람 하람
세상이 열리고
하람 하람 하람
꿈이 열리네

늦었다고 생각할 때가
가장 빠른 때야

더 이상은 주저하지 마
더 이상은 머뭇거리지 마

시작하면 반 이상은
성공한 셈이야

하람 하람 하람
하늘이 내린 사람

하람 하람 하람
꿈은 이루어진다

내일도 맑음

오늘 하루는 또 어떤 날이 될까
가을 하늘처럼 푸르른 날이 될까
꽃잎 휘날리는 봄날처럼
가슴 뛰는 날이 될까

그래! 오늘도 맑음
카카오톡 이모티콘처럼
활짝 웃는 기분 좋은
하루가 될 거야

문득 누군가에게 전화를 걸어
차 한 잔 하자고 이야기하고
화장하지 않고 그냥 찾아가도
그저 좋은 친구를 만나
밥 한 끼 하자, 차 한 잔 하자

오늘은 맑음, 그래 그렇게
해피한 날이 되는 거야
내일도 맑음, 그래 그렇게
행복한 날이 되는 거야

두근두근

두근두근, 두근두근
가슴이 뛰고 있네요 (Chorus)

사랑이 시작되고 있나봐요
내 인생에 봄이 다시 왔나봐요
봄바람에 얼었던 물이 녹듯
당신 미소가 내 마음을 녹였어요

사랑한다, 잘 될 거다
그 작은 한 마디에
봄 눈 녹듯 그렇게 내 마음은
아픔을 잊어가요

두근두근, 두근두근
다시 여자가 되어가나 봐
네가 최고다, 너무 예쁘다
그 작은 한 마디에
나는 다시 여자가 되었나봐

두근두근 (Chorus)

여원

나 이제 당신을 사랑해도 될까요
긴 세월 돌아와 만난 당신을
이제 다시는 놓치고 싶지 않아
당신을 사랑하게 해 주세요

비가 내리면 함께 우산을 쓰고
눈이 내리면 함께 눈을 맞으며
우리에게 햇살이 비추는 날
그 날을 기다리며 살아 갈래요

당신 어깨의 짐을 나누어지고
앞에서 끌면 뒤에서 밀며
한 세월 후회 없이 당신을 사랑할래요
여자의 소원 하나 등불처럼 밝혀주세요

행복

- 여자 가수 파트
나는 행복한 여자랍니다
당신을 만나 한평생 살아왔으니
살면서 한 순간도 한 눈 팔지 않고
당신을 믿으며 살아왔습니다

- 남자 가수 파트
나는 축복받은 남자랍니다
이렇게 당신 한 사람 사랑했으니
마지막 사랑 하나 당신을 지키며
당신만을 위해 살고 싶습니다

아! 이렇게 세월은 흘러
민들레 꽃씨처럼 흩날리지만
여전히 당신 앞에 아름다운
사랑으로 남고 싶어요

하늘이시여! 축복하소서!
이 사람의 사랑을 축복하소서!
하늘이시여! 축복하소서!
우리들의 인생을 축복하소서!

우리들의 남은 시간마저
오롯이 이 사람과 함께 할 수 있도록
하늘이시여! 축복하소서!
내 하나의 사랑을 축복하소서!

어쩌다

어쩌다 이렇게 목숨 건 사랑을 하게 되었을까
어쩌다 이렇게 지독한 사랑에 빠져 버렸을까

무심한 듯 살아온 세월 속에
다시없을 사랑이라 느꼈는데
어쩌다 당신이 내 가슴에 들어와
이토록 기막힌 사랑을 하나요

어쩌다 당신을 만나
사랑에 내 인생 전부를 걸게 되었나요

이제와 잊으라 하시면 안돼요
이제와 돌아서라 하시면 안돼요

어쩌다 사랑은 그렇게 내 가슴에
이미 장작불처럼 타고 있어요

어디야

어디야, 지금 어디야 (효과음으로 처리)

어디야, 거기 어디야
하루 종일 너만 찾게 돼
사랑에 빠졌나봐
나도 몰래 가슴이 두근대

멀리 있어도
항상 같이 있는 거 같아
가까이 있어도
또 그리워하는 거 같아

어디야, 지금 어디야
네가 있는 곳이라면
그 어디라도 불러줘
나를 불러줘
언제나 달려갈 준비가 되어 있어

이 밤도 나는 뜨겁게
당신을 사랑할 준비가 되어 있어

어디야, 지금 어디야

콩깍지

너무 완벽해
내가 사랑한 당신
너무 섹시해
한눈에 반한 사람

내 사랑이 콩깍지라도 좋아
그냥 이렇게 눈이 멀어도 좋아

콩깍지 콩깍지
나만의 콩깍지라면
나는 당신에게서
벗어나고 싶지 않아

평생 이렇게 사랑하게 해줘요
목숨 걸고 지킬 사람
내 모든 걸 바칠 사람

내 사랑은 콩깍지 사랑
평생 이렇게 사랑하게 해주세요

어느 날 갑자기

어느 날 갑자기
내 가슴에 사랑이 찾아왔어요
바람에 흩날린 꽃잎처럼
가슴이 흔들렸어요

영화 속 주인공 같은
사랑을 할까
소설 속 주인공 같은
사랑을 할까
흔들리는 가슴을 달래어보며
사랑을 꿈 꾸었죠

아! 그러나 내게 사랑은
한여름 밤의 꿈과 같을까

손 내밀어 잡지도 못하고
오는 당신 잡지도 못하고
애태우며 애를 태우며
당신을 바라만 보네
가슴은 이렇게 뜨겁게 흔들리는데

잔을 채워라

좋은 날엔, 이렇게 좋은 날엔
잔을 채워라, 빈 잔을 가득 채워라

너와 내가 하나가 되는 날엔
잔을 채워라, 사랑의 잔을 채워라

건배 건배! 우리 다함께 축배를 들자
건배 건배! 희망을 부어 사랑을 마시자

잔을 채워라! 근심 걱정 내려두고
빈잔 가득히 희망과 기쁨을 채워

함께 마시자
건배 건배! 희망의 잔을 채워라
건배 건배! 사랑의 잔을 채워라

세상살이

누구나 다 세상살이에
백 프로 행복한 사람 어디 있을까

한 꺼풀 벗겨보면
사는 건 다 거기서 거기지

누구나 다 세상살이에
백 프로 불행한 일은 무에 있을까

한순간 돌려보면
사는 건 다 거기서 거기지

잘난 사람도 못난 사람도
백년인생 한판 살다
웃고 울며 가는 거지
가랑비에 옷 젖듯이
행복과 불행에 길들여져
세월 가는 거지

잘난 사람 앞에 기죽을 일 없고
힘든 사람 앞에 기 세울 일 없다
마음먹기 달렸더라, 행 · 불행도
안될 일도 되게 할 인생살이라

참 좋은 날

이렇게 아름다운 날에
우리는 만났고
이렇게 행복한 날에
사랑을 하네요

참 좋은 날
우리 함께 있는 날
세상이 더욱 밝아지네요

참 좋은 날
사랑이 넘치는 날
하늘이 더욱 눈부시네요

더 많이 행복하세요
이 시간을 즐겨보세요

함께라서 행복합니다
이렇게 참 좋은 날에

열창

노래하리라
인생을 노래하리라
노래하리라
세상을 노래하리라

내가 부를 이 노래는
영혼의 울림 소리요
내가 전할 이 소리는
세상을 바꿀 소리라오

함께 불러요
우리들의 노래
박수를 쳐요
우리들의 미래

후회 없이 살아왔던 하루하루
이게 바로 열창이랍니다
쉼 없이 달려왔던 하루하루
인생이 바로 열창이랍니다

통通

1
통해볼거나, 통해볼거나
우리네 몸도 마음도
통해볼거나

허이!
마음을 풀어라
꽁꽁 묶인 마음을 풀어라

마음을 열어라
꼭꼭 조인 마음을 열어라

통통통 한 통이 되어
돌돌돌 하나로 굴러라
내 맘도 네 맘도
다른 것이 아니리라

2.
통하였느냐, 통하였느냐
우리네 몸도 마음도
통하였느냐

허이!
몸이 풀리고
꽁꽁 묶여진 몸이 풀리고
마음이 열리고
꽉꽉 조여진 마음이 열리고

통통통 한통이 되어
술술술 만사가 풀리리라
내 마음도 네 마음도
행복을 품어 안으리라

사람은 다 그런 거야

이 밤, 너는 어느 거리를
헤매고 있는 거야
비에 젖은 어깨를 들썩이며
술 한 잔에 시름을 달래보지만
결국 마시는 건 외로움 뿐이야

그래, 사람은 누구나 다 혼자인거야
사람은 누구나 다 외로운 거야
빈 술잔에 고독을 따라 마시며
삶의 흔적을 그려나가는 거야
외로움마저도 친구가 되어
내 안의 나를 찾아 가는 거야

사람은 다 그런 거야
누구나 다 외로운 거야
인생은 다 그런거야
누구나 다 모르는 거야

그게 세월이야

잘났다고 튕겨도 봤다
잘 번다고 빼겨도 봤다
한 세월 호령하듯이
큰소리치며 살아도 봤다

내가 못할 것이 그 무엇인가
나를 가로막을 자가 그 누군가
인생 한판 멋들어지게 살아왔건만
이제 와서 남은 것은 그 무엇인가

그게 세월이야
바로 그게 세월이야
흐르고 흘러서 주름진 세월
돌아보면 물거품 같은 세월 속에
잘난 사람, 못난 사람 다 똑같아

한 벌 옷을 갈아입고 떠나는 거
그게 세월이야
바로 그게 세월이야

질러 질러

질러 질러 질러, 질러봐
소리질러봐
불러 불러 불러, 불러봐
크게 불러봐

살다보면 가슴이 헉하고 막혀올 때
참으려고 애쓰지 말고 소리질러봐

살다보면 너무나 보고 싶어질 때
참으려고 애쓰지 말고 노래 불러봐

사랑이 뭐 별거더냐
인생이 뭐 별거더냐
인생 한판 후회 없이
살다가 가야하네

질러 질러 질러봐, 소리 질러봐
불러 불러 불러봐, 노래 불러봐

행복하게 살아요! HAPPY BIRTHDAY

오늘은 해피한 날
소중한 당신이 태어난 날

해피해피 해피데이
당신의 생일을 축하해요

오늘은 해피한 날
소중한 당신을 만나는 날

해피해피 해피데이
당신의 탄생을 축하해요

행복하게 살아요
우리 함께 살아요
내가 지켜줄게요
행복하게 살아요

해피데이 해피데이
행복하게 살아요
해피데이 해피데이
사랑하며 살아요

147

나의 노래

바람이 불면 불어오는 대로
눈이 내리면 내리는 대로
마음이 가는 대로 길 따라 떠나리라
후회 없는 한평생

태양이 뜨면 태양을 즐기고
비가 내리면 비를 즐기며
마음이 가는대로 희망을 찾으리라
후회 없는 한 평생

더 이상 아무 것도 나를 붙잡지 못해
아직도 못다 한 희망의 노래를
이제는 부르리라, 목 놓아 부르리라

더 이상 아무 것도 나를 막을 순 없어
아직도 못다 준 사랑의 노래를
이제는 부르리라, 목 놓아 부르리라

후회 없을 한 평생, 이제는 말하리라
너를 위한 나의 노래
이제는 부르리라, 목 놓아 부르리라

함께라면

함께라면, 우리 함께라면
무엇이든 할 수 있죠
함께라면, 우리 함께라면
언제라도 행복하죠

내가 가진 아주 작은
미소의 꽃 한 송이
너의 가슴 하나 가득
행복의 꽃밭이 되고

내가 던진 친절한 말 한 마디
사랑이 무르익어
너의 가슴 하나 가득 기쁨의
바다가 되어 흐르리

함께라면, 우리 함께라면
세상이 더욱 눈부시죠

하늘이 보내준 사람

내 인생에 끝일 거라 생각했던
아프고 아린 시간에
운명처럼 다가온 사람이 있어
하늘이 보내준 사람

내 인생에 다시없을 사랑이라
그렇게 놓아 버렸던
그 사랑을 선물한 사람이 있어
하늘이 보내준 사람

지난날은 모두 다 꿈처럼 잊어버릴래
가슴에 흐른 눈물 닦으며 살아가야지

하늘이 내게 보내준 사람
나만의 소중한 선물

사랑의 시가 되어 다가온 사람
그리움의 노래가 되어 다가온 사람

이제는 이별 없는 사랑을 하리
마르지 않는 사랑꽃으로 피어나리

3

음유시인의
노래

뫼비우스 사랑

힘이 들어도 힘겹지 않게
우린 살아가도 괜찮을 텐데
어디서부터 잘못된 건지
서로 다른 인연에 눈이 젖는다

그댈 잊은 건 내가 아니야
나를 알 수 없는 시간들 속에
보이지 않는 긴 어둠을 지나
그댈 볼 수 없었던 거야

나의 가슴 깊은 곳에
그대를 안고 살아도
목 놓아 울어 봐도
부를 수 없는 사람아
이제 다시는 나를 위해 울지 말아요
목 놓아 울어도 잡을 수 없는 사람아
이제는 날 위해 울지 말아요
이제는 그대만을 위해 살아요

비연 (悲緣) * 슬픈 인연

이별보다 더 슬픈 사랑이었기에
너를 놓지 못하고 눈물을 흘리지
가슴에 남은 사랑의 기억만으로
목이 메어와 가눌 수 없는 슬픔에

내게 사랑이란 건 아픔이라 해도
이젠 보낼 수 없어, 내 곁에 있어 줘
너를 사랑한 그 어느 날도 후회는 없어
기다림 속에 나는 또 지쳐가지만

너의 슬픔까지도 사랑할 수 있다면
더는 아픈 사랑은 아닐 거야
너를 사랑한 만큼 울어야 하겠지만
처절한 사랑 두 눈을 감아도
널 느낄 수 있어

애린 愛隣 -슬프고도 애절한 사랑

아픈 기억 속으로 갈 수는 없지만
너를 사랑했던 날 버리진 못하지
너의 두 눈에 날 채워가던 날들이
내겐 절실한 사랑의 기억이니까

나를 잊고 살아도 끝나지 않았던
사랑이란 운명을 붙잡지 못하지
가슴으로도 다 울어줄 수 없는 슬픔에
하루하루를 눈물로 견뎌온 세월

끝이 보이지 않는 많은 시간들 속에
다시 너를 보내야 하는 건지
슬픈 인연이었나, 아픈 사랑이었나
차마 너를 부르지도 못하고
나의 삶을 태워도 대신할 수 없지만
이렇게 너를 바라볼 수밖에
가슴이 메어와

너의 슬픔까지도 이젠 내가 가져가
눈물로도 채우지 못한 사랑
아픈 기억마저도 사랑할 수 있다면
사랑이란 건 슬픔이 아니야

놓칠 수 없는 사랑

멀어져가는 그댈 보며
이렇게 서 있을 수만은 없는데
알 수 없는 말들로 그대는
또다시 내게 이별을 말해야 하나

그댈 위해서 지금 나는
아무런 말도 해줄 수는 없지만
그대만을 위한 휴식이 될게요
나 그대만을 사랑할게

먼 훗날 기억해요
너무 아픈 날의 추억이라고
그땐 쉽게 말할 수 있어
너무나 힘들어 눈감고 싶은 날
놓칠 수 없던
우리의 슬픈 사랑 이야기를

너를 내게 줘

너를 만난 그 길에서
난 다시 서성이며
널 찾아 헤매보지만,
워워워우워 (효과음 처리)
그 어디에도 넌
보이질 않는 거야
내 가슴에 타오르는 너

네가 떠난 그 길에서
또 나를 버리지만
끝내 널 잡을 수가 없어,
워워워우워 (효과음 처리)
사랑보다 더 슬픈
이별은 너무 싫어
너의 빈 눈물을 내게 줘

이제 다시 너 없이는 살 수 없는 걸
이미 너는 내 인생을 흔들고 있어
이제는 제발 너를 안을 수 있게 허락해

내 인생의 마지막 사랑이 되어줘

그만 눈물을 거둬, 이젠 내가 대신 울게
너를 위해 나는 살고 있잖아
이젠 너를 내게 줘, 다시 슬픔은 없어
네가 떠난 그 길에 서 있을 테니

질렸어

이것도 싫고, 저것도 싫어
말도 안 되는 핑계를 대고 있지
날 멀리하려하는 너의 속셈
미리 알아챘어야 하는 거였어
바보처럼, 너를 믿었던 거야

난 너를 믿고 싶었던 거겠지
믿는 도끼에 발-등을 찍혔어
왜 솔직하지 못했던 거야
차라리 다른 여자가 생긴 거라
말하면 놓아주었겠지
아무 일 없는 듯이 너를 보냈겠지

두 번 버린 거야
멀쩡한 사람을 바보로 만들었어
네가 뭔데 그랬어
나를 물로 본 거야

후회할거야 반드시 그럴 거야
내게 매달릴 날이 있을 테니까
그땐 국물도 없어
넌 아무리 매달려도
눈도 깜짝 않고
너를 돌려보낼 거야

지조 志操

처음부터 너만을 사랑했어
너를 만나 사랑한 그 시간이 다였어
너를 두고 다른 사람 만나도
그건 진실이 아냐, 너를 사랑한 이후
그 어떤 말로 설명할 수도 없는
일이 내게 벌어진 거야

너만을 생각하면서 잠이 들고 싶어
한참 동안을 네가 남겨준 음성을 듣고
꿈꾸려 했었지, 너를 사랑한 나를

아무것도 나를 막을 순 없어
너를 향한 내 마음 멈출 수가 없었어
너를 위해 숨을 쉬고 싶었고
노래하고 싶었고, 사랑하고 싶었어

너만을 위해 나는 살아온 거야
내 모든 걸 주려고
네가 날 원한다하면 날 주고 싶었어
너의 여자로 남고 싶어
다시는 너를 놓지 않아
너만의 여자로 남고 싶어

내 남은 사랑을

힘이 들어도 힘겹지 않게
그댈 기다리며 살아가는 건
살아갈 날의 소망이에요
나의 하루를 그대를 위해 열어요

사랑보다 더 오래 간직할
정을 심어 주고 간 그대니까
사랑한 만큼 난 행복했어요
기다림으로 하루를 살아

내게 남은 그대 흔적
지울 순 없을 거에요

내 남은 사랑을 이제 그대가 가져가
기다림마저 행복이라 여기는 사랑
내 남은 사랑을 이제는 볼 수 있겠죠
그대가 바로 내 기다림의 끝일 테니까

슬픈 사랑

사랑은 영원하다고 믿어도
또 이별은 내 앞에 와 있어
아픈 시간들은 멈추지 않고
다시 눈물에 젖어 있어

견딜 수 없는 나의 현실에
뒤돌아 혼자 눈물 흘려
이렇게 그대를 보내고 나서
얼마나 견딜 수 있을지

이별도 사랑이라고 그댄 말하지만
내게 더 이상 이별은 사랑이 아니야
정작 뒤돌아서서
'안녕'이라 말하지 못하고

그대를 위해서 흘린 눈물만큼
사랑할수록 더 슬픈 사랑이어라

다시 아픈 사랑이라도

미안해요, 그대를 사랑하고도
눈을 뜰 수 없을 만큼 힘들어 울어요
나로 인해 누군가 울어야 한다면
더는 사랑할 수 없는데

용서해요, 그대를 사랑했어요
죽을 만큼 사랑하고도 모자란 내 사랑
운명 같은 그대를 사랑할 수밖에
다시 아픈 사랑일지라도

그댈 사랑하기에 흘려야할 눈물도
이제는 내 삶의 일부가 되었어
이렇게라도 그댈 사랑할 수 있다면
이제는 그대 곁에서 울고 싶어

사랑해요, 이 세상 끝날 날까지
죽을 만큼 사랑하고도 모자란 내 사랑
운명같은 그대를 사랑할 수밖에
다시 아픈 사랑일지라도

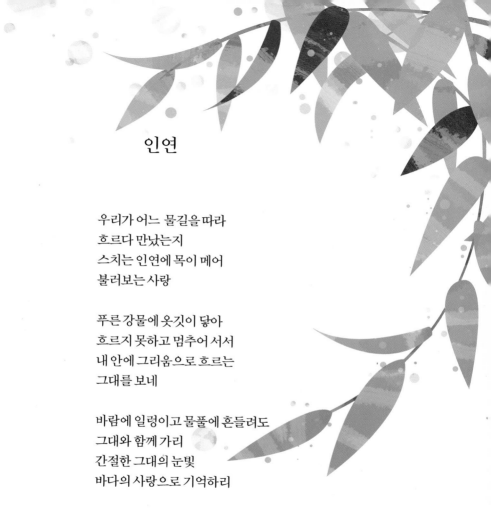

인연

우리가 어느 물길을 따라
흐르다 만났는지
스치는 인연에 목이 메어
불러보는 사랑

푸른 강물에 옷깃이 닿아
흐르지 못하고 멈추어 서서
내 안에 그리움으로 흐르는
그대를 보네

바람에 일렁이고 물풀에 흔들려도
그대와 함께 가리
간절한 그대의 눈빛
바다의 사랑으로 기억하리

눈물 편지

젖어 있나, 내 마음처럼
그대에게 갈 수 없어
기다리다 지쳐버린 날들
눈물로 채워져도

울고 있나, 또 어제처럼
그대에게 갈 수 없어
서성이다 가슴 시린 날들
허기진 사랑으로

눈물로 적으면 흔적도 없이 지워지는,
바람으로 잠든 내 가슴에
남은 슬픈 사랑 이야기

두 눈을 감아도 보이는 사랑
눈물이 마를 때까지
슬픈 안녕이라 말하지 못하고
눈물로 전하리라

無言 무언

사랑을 말하기 전에 이렇게
난 이별의 말을 해야 해
아린 시간들이 흘러가도록
또다시 애만 태우고 있어

마음에 없는 말들을 하고
뒤돌아 혼자 눈물을 흘려
견딜 수 없는 현실에
나를 묻어두고

표정을 감추려 해도
너는 날 느껴
뒤돌아서서
안녕, 이란 말 못 하고
내 품에 달려와 안긴 너를 사랑해
아무 말하지 못하고

차마 슬픈 이별

알 수 없는 세상에 버려진 느낌이야
신은 내게 무엇을 원하는 것일까
너무 잔인한 세상을 나에게 주고
견딜 수 없는 아픔을 참으라 하지

너를 잊고 사는 건 너무나 힘든데
너의 기억을 모두 가져가 버리고
곁에 두고도 볼 수 없는 슬픈 사랑
눈물 흘리며 또다시 찾으라 하지

이건 너무 가혹한 운명의 장난이야
차마 슬픈 사랑에 목이 메어
너의 이름 부르지만 돌아갈 순 없잖아
너무 먼 길을 돌아와 버린 걸
내 안에 너를 두고….

다시 사랑하기엔 너무 아픈 이별이
너를 더욱 힘들게 할지 몰라
나의 삶을 태워도 다할 수 없는 사랑
네 앞에 서면 눈물이 되는 걸
나의 슬픈 연인이여

꿈을 찾아

저 하늘을 나는 새
푸른 꿈을 찾아서 떠나듯
어둠박차고 날아가련다
가도가도 끝없는 가시밭길이라도
이제는 멈추지 않고
달려가련다 (꿈 찾아-Chorus)
수많은 절망, 숨죽이던 많은 날들
이젠 모두 잊어

세월은 무심히 날 비껴가지 않고
가끔은 초라해진 내 모습이 싫어
똑같은 하루 속에 날 가둘 수 없어
한번은 운명을 걸 시간이 왔어

술잔에 취해버린 많은 날들 속에
돌아갈 기억조차 잃어버린 꿈들
이제는 다시 찾아 날아가고 싶어
내 꿈을 찾아

베네치아의 사랑

흐르는 강물처럼
내 안에 흐르는
그대의 맑은 영혼 가슴에 묻었지
푸른 샘처럼 푸른 별처럼
그리움 하나로 꿈을 꾸고

그대를 사랑했던 그날의 기억을
영원히 간직한 채 내일을 살겠지
그대 하나로 너무 충분한
우리의 사랑은 아름다운 기억

내 삶의 이유가 되어준 사람
내 삶의 의미가 되어준 사람
베네치아의 밤 연인의 꿈처럼
영원을 꿈꾸며 살아갈 사람아

수많은 세월이 흐른다 해도
우리의 사랑은 변하지 않아
베네치아의 밤 연인의 꿈처럼
그대를 꿈꾸며 살아갈 테니까

추억이 아름다운 그대 눈빛으로
세상을 바라보면 너무나 행복해

그대를 사랑했던 그날의 추억을
영원히 간직하며 내일을 살게요
그대 하나로 너무 충분한
우리의 사랑은 아름다운 운명

내 삶의 이유가 되어준 사람
내 삶의 의미가 되어준 사랑
베네치아의 밤 연인의 꿈처럼
영원을 꿈꾸며 살아갈 사람아

고마워요

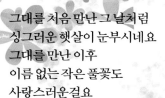

그대를 처음 만난 그 날처럼
싱그러운 햇살이 눈부시네요
그대를 만난 이후
이름 없는 작은 풀꽃도
사랑스러운걸요

그대를 처음 만난 그 날처럼
시원한 바람이 불어오네요
그대를 만난 이후
지나가는 작은 새들도
아름다운걸요

고마워요, 내 사랑, 그동안 몰랐어요
내 삶의 그늘이 깊어
고마워요, 내 사랑, 이제는 알겠어요
그대, 단 하나의 소망이란 걸

부디, 지금처럼만
이런, 간절함으로
그대를 사랑하게 하소서
우리 사랑이 하늘에 닿는 그 순간까지
그대를 바라볼 수 있게 하소서

The Dream

널 위한 나의 기도가 하늘에 닿아
내일은 마음껏 웃을 수 있길 바라

널 위한 나의 기도가 바다에 닿아
언젠가 네 꿈을 펼칠 수 있길 바라

더 멀리 뛰기 위해 개구리도 잠시 웅크리듯이
더 멀리 날기 위해 갈매기도 잠시 날개를 접듯이

너의 꿈도 잠시 쉬어가는 거야
더 큰 날갯짓을 위하여

돌아보지마, 앞만 보고 가는 거야
그래, 너의 꿈을 향하여
약해지지마, 네가 먼저 가는 거야
저기, 푸른 희망 속으로

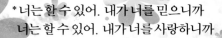

*너는 할 수 있어. 내가 너를 믿으니까
 너는 할 수 있어. 내가 너를 사랑하니까

멈출 수 없는 사랑

많이 지쳤니?
가슴으로도 울지 않을 거라던
너였는데
가슴이 아파 견딜 수 없다고
취한 듯 흐느껴

보낼 수 없어
아픈 이별에
세월도 너를 비껴 가나봐
이렇게라도 견디지 않으면
살수도 없겠지

내 안의 그대
멈출 수 없는 사랑
더 이상은 난 안 되겠어
그냥 이대로 달려갈 수 있도록
그대를 내게 허락해줘요

하늘이여 받아주소서
너무도 간절한 사랑
시간이 멈추어도 그댈 지킬게요

죽을 만큼 사랑하고도
난 멈출 수 없는 사랑
그대만을 사랑합니다

청계천, 소리새

바람이 전하는 안부를 듣고 싶다
혼불처럼 뜨겁게 살다간 사람

그리움 머무는 곳에서 살고 싶다
애를 태워 불러도 못다 한 사랑

청계천을 날아가는 소리새처럼
더 멀리, 더 높이 푸른 꿈으로

수많은 사람들의 지친 하루를
쉬어가게 하는 노래가 되리

흐르고 흘러도 마르지 않는 물
마시고 마셔도 비워지지 않는 잔

어둠이 내려도 잠들지 않는 곳
그곳에 살고 싶다, 소리새처럼

The 더

누구세요? 처음인 걸요
어디선가 본 듯해요
내 심장이 그대 모습을
기억하고 있나 봐요

잠시 스친 인연인데
가슴이 이리 떨려요
어쩜 우린 아주 깊은
인연이었을지 몰라

사랑하다, 죽을 만큼 사랑하다 헤어진
보고 싶다, 저리도록 보고 싶다 이별한

우린 전생의 어느 아픈 날
눈물로 보낸 연인인가
우연이라도 만날 수 있게
좀 더 가까이 가고 싶어

그대 가슴을 열어주세요
좀 더 가까이 느낄 수 있게

파워풀 라이프 Powerful Life

끝이라고 생각하지 마
돌아보면 그 길이 보여

어느 순간도 쉽지 않아
때론 가슴이 답답해도

꿈을 꾸듯 걸어가 보자
희망을 향해
꿈이 있는 내일은 밝을 거야

이제부터 시작인거야
어두웠던 지난날들은

가슴속에서 모두 버려
기억 속에서 지워버려

뜨거워진 그 가슴으로
사랑을 하자
거침없이 뜨겁게 살아가자

처음부터 다 가진 자는 없지
다시 시작 해봐

오랫동안 기다려왔던
너의 꿈을 펼쳐

아무것도 막을 수 없을 거야
손을 내밀어봐

모든 것이 너의 손에 있어!
파워풀마이라이프, 파워풀마이라이프,
절대 기죽지마라

뒤돌아보면 아무것도 볼 수 없지
앞만 보고 달리는 거야

파워풀마이라이프, 파워풀마이라이프,
더 뜨겁게 사는 거야
그 무엇도 나를 멈출 순 없다

덤덤덤

덤덤덤 덤으로 산다
주어도 주어도 모자란 사랑
이제 너만을 위해 살아가련다 (Chorus)

너를 만나 내 인생 덤으로 산다
이미 끝난 날이라 생각했는데

너를 만나 내 인생 대박이 난다
이제 다시 사랑을 시작하련다

아무 일도 할 수 없었어
너를 만나기 전엔
내 인생은 아무 의미가 없었다

아무 것도 필요치 않아
아무 것도 바라지 않아
너를 만나고 난 후
내 인생은 백팔십도 변해버렸다

사랑사랑사랑이라고,
행복행복행복하라고
나만을 위해 살아가는 네가 있으니
나는 이제 행복한 남자
너를 만나 덤으로 산다

유원 You Win

와봐와봐, 그래 와봐
그 어떤 시련도
와봐와봐, 그래 와봐
그 어떤 눈물도
내 인생을 흔들 수는 없다
눈앞이 캄캄했던 날이 어디 한두 번이냐
너무도 막막했던 날이 얼마나 많았더냐

그래 난 언제나 맨손이었다
홀딱 벗고 뛰었다
한 치 앞도 볼 수 없는 안개 길을
습기 찬 눈으로
걸어걸어걸어 가다가 너를 만났다
이제 난 멈출 수 없다
이제 난 놓칠 수 없다

원윈윈윈 유~ 윈! 네가 이겼다.
하늘도 알아 줄 날이 왔다

와봐와봐, 그래 와봐 운명의 장난도
와봐와봐, 그래 와봐 세월의 흐름도
내 사랑을 막을 순 없다

히트 HIT

히트 히트야! (Chorus)

1. 그 누가 뭐라 해도 두렵지 않아
   내 인생은 히트히트야
   사랑하며 살고 싶다, 절실하게
   꿈결처럼 살고 싶다, 더 뜨겁게

   어제까지 흘린 눈물 다 잊어라
   지금부터 난 행복할거다

   히트히트히트야, 내 인생은 히트야
   사랑하며 살아가련다

2. 그 누가 뭐라 해도 다시 시작해
   내 인생은 히트히트야

   사랑하며 살고 싶다, 절실하게
   꿈결처럼 살고 싶다, 더 뜨겁게

   오늘까지 아픈 사랑 다 잊어라
   내일부터 난 행복할거다

   히트히트히트야, 내 인생은 히트야
   꿈을 꾸며 살아가련다

휘루 徽淚 -아름다운 눈물

1. 아픈 사랑에 허기진 하루
    가슴으로 난 울고 있다
    너를 지켜줄 단 한 사람이
    나일 거라 믿었으니까

    숨을 쉬어도 살아있는지
    알 수 없어, 날 흔들어도
    이제 나조차 나를 모른다
    너를 위해 살아왔으니

    미워할 수조차 없는 사람아
    죽을 만큼 사랑했었으니까
    가난했던 날의 긴긴 하루로
    난 너를 잡을 수조차 없었지만
    울지않겠다, 사랑했으니
    너만 행복하면 되니까

2. 길을 걸어도 걷고 있는지
   알 수 없어 난 가슴이 아파
   어떻게 하니, 심장이 먼저
   너를 보낼 준비를 하나봐

   사랑할 수밖에 없는 사람아
   미치도록 사랑했었으니까
   가난했던 날의 긴긴 하루로
   난 너를 잡을 수조차 없었지만
   울지 않겠다, 사랑했으니
   너만 행복하면 되니까

바보 같아서

습기 찬 가슴 그 어디라도
이젠 그밸 지울 순 없어
보내려 해도 난 바보 같아서
그게 너무 쉽지가 않아

사랑했다는 그 말 한 마디
목숨처럼 믿었으니까
바보 같아서, 난 바보 같아서
아무것도 바라지 않아

조금만 더 내게 시간을 줘요
못다 준 마음 모두 가져가야지
한번만 더 나를 허락해 줘요
남은 사랑 모두 가져가야지

가지말아요, 돌아와줘요
바보처럼 사랑할래요
사랑했다는 그 말 한 마디
목숨처럼 믿었으니까

바보같아서, 난 바보 같아서
아무것도 바라지 않아
조금만 더 내게 시간을 줘요
못다 준 마음 모두 가져가야지

한번만 더 나를 허락해 줘요
남은 사랑 모두 가져가야지
가지말아요, 돌아와줘요
바보처럼 사랑할래요

차마

어떤 기억도 어떤 슬픔도
차마 네겐 줄 수 없었다
차라리 내가 다 가져가지
널 힘들게 할 수 없었다

어떤 느낌도 어떤 흔적도
차마 네겐 말할 수 없었다

나보다 네가 더 아플까봐
뒤돌아서 울고 말았다

처음부터 다시 시작해야 하겠지
너를 책임질 수 없을 테니까

이젠 너를 다시 보내줘야 하겠지
아무것도 가진 게 없으니

돌아보지 마, 보고 싶어도
너는 행복해야하니까

마음이 아파 울고 싶어도
차마 너를 잡을 순 없지

나를 떠나가 행복하다면
이젠 너를 보내야한다

가난했던 나의 긴긴 하루가
너를 숨 막히게 했을지 몰라

이런 내가 싫어 가슴을 치지만
난 이제 너를 보내야만하니까

돌아보지 마, 보고 싶어도
너는 행복해야하니까

이젠

아무리 많은 세월이 흘러도
잊을 수 없는 사람이 있지

아무리 많은 시간이 가도
놓칠 수 없는 추억이 있지

지친하루도 널 기다리며
눈을 뜨고 견딜 수 있었다

거친 눈물도 널 기다리며
눈을 감아도 참을 수 있었다

이젠, 이젠, 이젠 다시
떠난다는 말을 내게 하지마
한번, 한번, 한번 한만만 더
내게 시간을 허락해

너를 위해서 내 마지막 사랑을 불태우고 싶다

불꽃같은 사랑

내일이 다시 오지 않을 것처럼
난 운명처럼 사랑을 한다
불꽃같은 사랑에 가슴이 운다
사랑은 다 그런 거다

내 인생을 다 걸어도 모자란 걸까
내 모든 걸 다주어도 안 되는 걸까

나 다시 태어나 하룻 살아도
너만을 사랑할 텐데
또 다른 사랑으로 애태우지 마
너만을 기다리는 나를 봐

불꽃같은 사랑에 가슴이 탄다
널 위해 태우고 싶다
널 위해 불사르고 싶다

아마도 amado

슬퍼도 아니 슬픈 듯 웃고 있는 너,
아파도 아니 아픈 듯 웃고 있는 너
더 이상 너를 아프게 할 순 없지

눈물도 아니 흘린 듯 웃고 있는 너,
가슴도 아니 조인 듯 웃고 있는 너
더 이상 너를 외롭게 둘 순 없지

아마도 아마도 아마도
너를 지키지 못한 내게 하늘이
하늘이, 벌을 내리고 있나봐

너의 사랑을 몰라준 내가 미워
하늘이 용서하지 않을지도 몰라

너의 사랑으로 난 하룰 살아
나 다시 태어나도 널 위해 살아갈게
미안해, 용서해, 사랑해!
더 이상 외로워 하지 마

지금이야

너무나도 평범한 하루하루
변함없이 시작된 하루하루

그게 다일 걸라 생각했어
아무것도 할 수 없을 거라 생각했어

시작도 하기 전에 포기한 일
한두 가지가 아니지
끝장도 보기 전에 덮어둔 일
셀 수 없이 많았지

지금이야, 바로 지금이야
미친 듯이 달려보자
가라가라 가라가라 가라
못할게 또 뭐냐 겁내지 말아라

지금이야, 바로 지금이야
화끈하게 시작하자
가라가라 가라가라 가라
주저하지마라, 시작이 반이다

기적

내 인생에 기적처럼 당신이 왔고
내 운명에 기적처럼 사랑이 왔죠

다시는 사랑하지 않을 거라며 흐느끼던,
아픈 눈물 닦아준 사람

이제는 울고 싶어도 울 수 없어
당신 가슴이 젖어들까봐

이제는 죽고 싶어도 죽을 수 없어
당신 혼자서 어떻게 살아

내 인생에 마지막 기적 같은 사람
하늘이여 허락하소서

내 운명에 마지막 기적 같은 사랑
하늘이여 지켜주소서

우리 사랑할까요?

한번만 더 나를 돌아봐
한번만 더 나를 불러봐
기나긴 하루하루에 지켜가는 세월 속에서
한 번도 잊을 수 없던 사람
애가 타게 불러보는 사람

놓칠 수 없었던, 차마 놓칠 수 없었던
그 사람이 내 앞에 와 있네요
가질 수 없었던, 미처 가질 수 없었던
그 사람이 내 앞에 와 있네요

한번만 더, 한번만 더
가까이 볼 수 있게
이젠 나를 돌아봐줘요
조금만 더, 조금만 더
가까이 갈 수 있게
이젠 나를 불러주세요

가슴을 열고 살리라

거침없이 살리라, 의연하게 살리라
가슴을 열고 살리라

사는 동안 얼마나 더 많은 시련이
또다시 우리를 힘들게 할지 몰라

더 뜨겁게 살리라, 후회없이 살리라
가슴을 열고 살리라

작은 행복도 감사한 하루
사소한 일도 소중한 하루

지금 이 순간이 바로
우리가 살아야할 의미가 되리니
지금 이 순간이 바로
우리가 만나야할 이유가 되리니

더 뜨겁게 사랑하고 더 뜨겁게 나누며
가슴을 열고 살리라

마음이 따뜻한 사람들

우리는 살면서 얼마나 많은 사랑을 하고
얼마나 많은 이별을 하는가

우리는 살면서 얼마나 많은 눈물을 흘리고
얼마나 많은 위로를 받는가

아! 마음이 따뜻한 사람들
함께하면 더욱 행복한 사람들

함께 웃고 울어야 할 사람을 위해
오늘 난 무엇을 할 수 있을까

아! 마음이 따뜻한 사람들
따뜻한 차 한 잔에 정을 주고

아! 마음이 따뜻한 사람들
고봉밥 한 그릇에 사랑을 주리

열창

뜨겁게 타오르는
이 가슴을 노래하리
이 생명 다하도록
한 사랑을 노래하리
한세상 살다살다
후회없이 살다살다
목놓아 부르노라
다하지 못한 사랑이여

한평생 노래하다
가슴으로 노래하다
목 놓아 부르노라
이루지 못한 꿈이여
열창열창! 내 인생의
열창에 박수를 쳐라
열창열창! 내 사랑의
열창에 박수를 쳐라

여자의 변신은 무죄

여자의 변신은 무죄란다
끝없는 변화를 꿈꾸어라
살아온 날들의 허물을 벗고
화려한 날개로 날아가자

내 안에 내가 꿈틀거린다
잠자던 꿈들이 깨어난다
여자의 변신은 무죄니까
때 절은 허물을 벗으리라

난 나니까, 난 나니까
나를 찾아 떠라리라
난 나니까, 난 나니까
다시 나를 찾으리라

여자의 변신은 무죄란다
끝없이 사랑을 꿈꾸어라
여자의 변신은 무죄니까
끝없는 희망을 꿈꾸어라

201

그날이 오면

그날이 오면, 그날이 다시 오면
내 가슴에 남은 사랑을 다 드릴게요
그날이 오면, 그날이 다시 오면
내 가슴에 타는 노래를 부를게요

1. 얼마나 많은 세월 그리움으로 살아야 하는지
   이젠 더 이상 흘릴 눈물도 남아있지 않아
   돌아와, 이젠 내게 돌아와

2. 얼마나 많은 시간 기다림으로 채워야 하는지
   이젠 당신을 위한 노래를 부르게 해줘요
   돌아와, 이젠 내게 돌아와

그 날이, 그 날이 내게 다시오면
당신만을 위한 노래를 부를게요

행복한 사람

나는 나는 행복한 사람
세상에서 가장 행복한 사람

나는 나는 행복한 사람
두려울 것 없이 행복한 사람

돈이 돈이 많아서가 아니요
명예가 있어서도 아니요

둥글둥글 함께 사는 세상
좋은 사람 함께 해서 행복한 사람

나누며 살다보면, 웃으며 살다보면
나는 나는 행복한 사람
더없이 행복한 사람

기차 여행

비 내리는 토요일 밤에
기차를 타고 달린다

북한강변 간이역에 추억하나 묻는다
파란 우산 하나 둘이 함께 받쳐 들고
나란히 걸어가며 사랑을 속삭인다
아름다운 사랑이야기를

사는 게 뭐 별거 있나
여행하듯 살아가는 거지
기차타고 곧은 길로
달려달려 달려가는 거지

둘이라서 행복한 날
기차타고 떠나는 거지
함께라서 행복한 날
기차 타고 떠나는 거지

밥 한번 먹자

밥 한번 먹자,
그래, 차 한 잔 마시자
하루하루 바쁜 일상 속에
늘 생각나는 친구야

힘들고 괴로운 날엔 왜 유난히
네가 더 생각나는 걸까

오랜만에 만나도 어제 본 것처럼
정겨운 그런 친구

어제 만났는데도 오늘 또 보고 싶은
그리운 그런 친구야

밥 한번 먹자, 날마다 먹는 밥
멋을 부리지 않아도 좋은 너와 함께

언제라도 밥 한번 먹자
그래, 차 한 잔 마시자

얼마나 좋을까

얼마나 좋을까, 그 얼마나 좋을까 (Chorus)

우리 함께 길을 걷다
붉은 노을 아래서
두 눈을 마주보며
사랑하면 좋겠네

우리 함께 세월 지나
모닥불 앞에 두고
어깨를 마주하며
사랑하면 좋겠네

얼마나 좋을까, 그 얼마나 좋을까

사랑하는 사람과 함께 늙어가는 일
화려함이 없어도 당당함이 없어도
함께 있어 행복한 사람
함께 있어 소중한 사람

사랑하는 사람과 함께 살아가는 일
얼마나 좋을까, 그 얼마나 좋을까

무슨 노래를 부를까요

무슨 노래를 부를까요
가슴이 타오르는 이 순간에
그대 향한 마음 하나 꺼내들고
어떤 노래를 부를까요

눈물이 차오르는 발라드 한
노래가 좋겠죠
가슴 밑바닥에 멈춰버린
그리움 한 줄을 꺼내어
당신에게 들려드립니다

인생을 담은 트로트는 어떨까요
흔한 멜로디에 사랑을 담아
가볍게 던진 마음 한 자락에는
나의 인생이 담겨 있답니다

이 밤 당신을 위해
무슨 노래든 다 부를게요
열창으로 부르는 이 노래는
당신을 위해 부르는 노래입니다

귀향

- 위안부 할머니들께 바칩니다

돌아 가야할 곳이 있었습니다
숨이 멎는 순간에도
결코 잊을 수 없는 땅
돌아가야만 했던
고향이 있었습니다

당신의 그 거친 숨소리
모두가 모르는 척 외면해 버렸을 때
가슴속에 흘러넘친 눈물을 닦아줄
그 땅이 지척에 있었습니다

나비가 되어 날아간
당신의 귀향길
그 길 끝에 이젠 우리가
함께 서 있겠습니다

우리들의 가슴에 주홍글씨를 새겨서라도
잊을 수 없는 이야기
잊혀져서는 안될 이야기

그 뼈아픈 이야기들은
이제 우리가 대신하여 기억하겠습니다
당신들은 씻김굿 열두 거리에
맺힌 한을 다 풀어내시고
나비가 되어 날아주십시오

푸르디 푸른 하늘 끝에
당신의 붉은 심장을 풀어
이 땅에
만개한 꽃을 피워내 주십시오

우리는 당신들을
역사의 꽃으로 영원히 기억하겠습니다

묵향 墨香

벼루의 몸을 달군다
온 몸 구석구석 죽어있던
말초신경까지 살려내기 위해
단전호흡을 시킨다

온 몸의 타는 사랑을 토해내는
먹의 혀가 뜨겁다
이것이 사랑이리라

둥글게 말아 올리는 힘
둥글게 품어 안는 힘
세상의 모든 둥근 것들은
그렇게 맹물마저도 빛을 품게 한다

먹이
둥글게 제 몸을 사위어 가는 사이
벼루의 단전이 살아나고
자궁 속 깊은 곳에서
묵향이 피어오른다

하늘 인연

억겁의 시간 잠들어 있던
나의 절실한 언어들을
깨워주신 이여!
조금만 더 내게
시간을 허락하소서

아직, 나는 당신 앞에 있어야 하나이다
그림자처럼 있어도 괜찮습니다
그늘에 가리워져 있어도 괜찮습니다

사랑의 빛이 가슴을 밝히고 있는 한
나는 오롯이 당신 안에
살고 싶습니다

더 이상은 아무런 욕심도 없습니다
이 순간, 당신을 사랑하는
단 하나의 마음을 거두어 주소서

당신의 하늘이 맑고 푸르른 날에
나의 대지 깊숙한 곳에
샘이 솟기 시작하는
진정, 하늘의 인연임을 믿나이다

시인 · 작사가 **강재현 시집**

찍은 날 | 2016년 5월 25일
펴낸 날 | 2016년 5월 31일

지은이 | 강재현
펴낸곳 | 북랜드
　　　　서울 강남구 강남대로 320 황화빌딩 1108호
　　　　Tel. (02)732-4574 / Fax. (02)734-4574
　　　　대구광역시 중구 명륜로12길64(남산2동)
　　　　Tel. (053)252-9114 / Fax. (053)252-9334

ISBN 978-89-7787-661-3 06810